文春文庫

キッズタクシー

吉永南央

文藝春秋

キッズタクシー／目次

キッズタクシー

I　事件

1

どうしようか、と一人で悩んだのは数日間。結局、産むと決めた。

生まれたから生きているのだし、命を宿したから産む。めぐりあわせのようなもの。そう思うと、身体の深いところでしっくりする。

子宮で？　ばかばかしい。

木島千春(きじまちはる)は自分で突っ込み、ひっそり笑う。昼下がりの、がらんとした学食で注文したのは、大盛りのミートソースのスパゲティ。窓辺のテーブルで向かいあった小林史也(こばやしふみや)も、堕してくれと、もう懇願しなかった。かわりに苦肉の策といった様子でプロポーズし、断られるとあからさまに安堵する。付き合って半年。おなかの子の父親だが、千春としても結婚までは考えられない。似ていて楽だったのだ。仲間が集まると隅にいるとか、轢かれた猫を見てかわいそうと言わないとか、そんなところが。飲み会では退屈なあまり早々に逃げ出すことが多く、猫についてはさらに無残な姿にならないように、千春は車避けとして拾った枝を置き、小林は市役所に電話して死骸の回収を依頼したのだった。

認知はしなくていいから、就職を決めて出産費用と養育費を払って。

食べながらの千春の要求に、小林は大きくうなずき、テーブルに両手をついて早くも腰を浮かせる。終身刑を覚悟していたら、罰金で済んだというところか。

「待って」

「何？」

ボタンを外している紺色のリクルートスーツから、ストライプ柄のネクタイが垂れ、先が誰かの食べこぼしの油っぽい醤油を吸い上げる。

千春は、それについては何も言わず、ガラス張りの向こうの庭に目を転じた。芝生の上には、自分と同じ十九歳の女の子たちが歩いている。ウォークマンを手に持っている女の子は、フランス語で一緒だった。今日もちゃんと講義に出たらしい。

「あ……あのさ、何でしょう」

おびえ始めた小林に、千春は説明しておく。

実家には言わずに大学を中退し、できるだけアルバイトをして、当面は仕送りと学費も遣って生活する。いずれ家族にばれると思うが、ごたごたは先送りにしたいので、可能な限り内緒でがんばる。父親が誰かは子供以外に言うつもりはないから安心して、と最後に付け加えた。

皿に残ったミートソースの、ひき肉一つ一つまでかき集めて口に運ぶ。全部、おなかの子の血肉になると自分に言い聞かせて——。

十年以上前のあの日が、頭からかぶった泥水で弾け飛ぶ。

土砂降りの夜道に、トラックが水しぶきを上げて走り去った。エンストした軽自動車のドアを、千春は蹴り飛ばして閉めた。後部座席から出したビニール傘は、骨が一本曲がっている。

息子の修（しゅう）は十歳になった。でも、今になって何もかもめちゃくちゃだ。

種々雑多なアルバイトの末に得た、洋菓子工場の正社員の職を解雇された。つぶれたメーカーから、未払い賃金は回収できそうにない。失業保険も切れた。そのうえ小林が上司の責任を押しつけられて銀行を退職するはめになり、養育費が払えないと言ってきた。すでに入金は遅れている。生活保護の四文字がちらつく。申請窓口の担当者は、きっと言うだろう。もっと大変な人のための制度ですから。なんでしたら、長野のご実家を頼ったらいかがですか。千春は奥歯を嚙みしめる。貸し駐車場の係員に応募したら、正規採用一名に対して面接に二十七名が殺到、結果は不採用だった。この不景気では、小学生を女手一つで育てているというだけで、普通は面接にも呼ばれない。大学中退の学歴ではなおさらだ。貯金も底をついた。疲れた。かけ持ちのパートを一つ減らし、日向のにおいのする布団にくるまって五時間でいいから続けて寝てみたい。何をどう言っても、役人にはわがままなたわごととしか響きそうにない。

千春は二キロほどを徒歩で急ぎ、待ち合わせのファミレスに着いた。椅子に座ると、濡れそぼったジーンズの尻のあたりから冷たい水があふれて滴った。周囲から視線が突き刺さる。閉口した小林が差し出したペーパーナプキンの束とハンカチを、千春はひと睨みで撥ねつけた。

「養育費、払って」

「おれは高前市を出て、千葉の実家に戻る。千春も長野に戻ってくれないか」

できない。折り合いが悪いの、昔から知ってるでしょ。そう思っても言葉にならない。喉が熱い怒りでふさがっている。役人のような口をきく、こんな男のどこがよかったのか、今ではさっぱりわからなかった。

「孫がいるんだ。お母さんだって優しくなるさ」

そんな理屈、うちには通用しない。誰も彼も、実家が安らぎの場とは限らないのよ。反論が胸にうずまく。

小林は頭を抱えた。上質な紺色のスーツが、今でも充分有能な行員に見せている。

「すまない。実は親父が倒れて、おれも生きてゆくだけで精一杯なんだ……頼む」

「手持ち、いくらある？」

小林がしぶしぶ顔を上げた。上着の内ポケットから財布を抜き出し、テーブルに放り投げる。物乞いを蔑むような目つき。嫌悪を隠さない。

黒革の長財布には、くたびれた五千円札と千円札が一枚ずつ入っていた。千春は五千円札と使いかけの古そうなテレフォンカードを抜き取り、席を立った。三人連れの客が入ってきた出入口に向かう。小林の顔は見なかった。もう一度あの、人を見下したような目を見たら、飛びかかってしまいそうだった。上着に突っ込んだ手が屈辱に震える。

「あっらー、小林さんじゃないの。ご結婚なんですってね、おめでとう」

「聞いたぞ。逆玉なんだって？」

「東京に行ったら連絡するからさ、彼女の友だちに紹介してよ」

千春は足を止めて振り返った。血の気が引いていた。すれ違ったばかりのスーツ姿の男二人と女が、狼狽する小林を囲んでいる。小林の言い分は、ぜんぶ嘘。結婚に過去が邪魔だっただけ。他愛ない笑い声が千春には嘲笑に聞こえた。

――みっともない。十九で、子供なんて産むからよ。

何万か銀行口座に振り込んでほしいと電話で頼んだ時の、母の返事が重なる。

ファミレスを出た。骨が折れたビニール傘までがなくなっていた。五千円札を握りしめ、バス停へ走った。濡れた顔を拭い、文字のかすれた時刻表に目を凝らす。八時台のバスが来るまでに、二十分あった。近くの電話ボックスに飛び込み、自宅に電話する。修は、おにぎりとバナナの夕食をちゃんと済ませていた。作り置きの冷凍のおにぎりは、メモの言いつけを守ってレンジで温めたと言う。

車が故障したからバスで帰る、九時には家に着くと、千春は伝えた。

「お母さん、傘ある？」

聞こえなかったふりをして電話を切る。

公衆電話が吐き出したテレフォンカードでは、与党幹部の代議士が国会議事堂をバックにポーズをとっていた。

激しい雨音を聞きながら、電話ボックスのガラスにもたれた。びしょ濡れの身体を抱いて目を閉じる。途中にあった小さな教会の、屋根の十字架が瞼裏(まなうら)に残っていた。

祝福。

いかにもの言葉が浮かぶ。もうすぐ三十歳の誕生日が来る。悪趣味な冗談としか思えない。ほとんど空の冷蔵庫。コンセントが抜きっぱなしのエアコン。かかとを踏みつけた修のスニーカー。サイズが小さくなってから、もうずいぶん経っている。

小雨になっていた。郊外に向かうバスには、他に乗客がいなかった。

千春は十五分ほどバスに揺られ、ガソリンスタンドの手前を折れた薄暗い道で降りた。

それから間もなくのこと、見知らぬ男を一撃で殺した。

飲み屋がある方からやって来た男は酒臭く、千春にまとわりつき、金を出せと脅し、殴る蹴るの暴力によって、くしゃくしゃの五千円札となけなしの財布を手にすると、これっぱかかよ、とせせら笑った。もみあった空き地には、千春に拾えとばかりに錆びた鉄筋が落ちていた。

2

昔の、それも十五年前のあの夜のことまで、今頃になって繰り返し夢に見る。

正当防衛。誰もがそう認めて、母までが同情し、小林は養育費を増額して遅滞なく払うようになった。生活が好転するにつれて、事件はまるでなかったことのように、それこそ夢だったみたいに自分の中でも薄れていた。なのに、今、どうして。

ベッドの中で、千春は目を開ける。汗だくだ。

まだ力の入らない手を、夏の朝陽が透けるブラインドにかざす。ベッドサイドのデジタル時計は、六時三十一分。時計を見るために身体の向きを変えたら、タオルケットの上から何かがなだれ落ちた。昨夜眠る前に、高前市周辺のアパートマンションの情報誌をぺらぺらめくったのを、千春は思い出した。

リビングとの境にある三連のパーティションに、「冷蔵庫に朝食あり」と書かれたメモが洗濯ばさみで挟んであった。丸みを帯びて安定した筆跡。修は恐ろしく静かに朝食を作り、食べ、外出したのだ。パーティションの向こう側から、上の桟にちょこんとメモを止める、分厚い大きな手が見えるようだった。今日は仕事が休みだから、車で遠出でもしたのだろうか。

シャワーを浴びた千春は、薄切りハムが何層にも折りたたまれたサンドイッチと、昨夜の残り物である野菜スープを食べる。七時のタイマーで、スチールドラムの心地よい音楽が、ボーズの小型オーディオから鳴り出した。インターネットラジオを外国の局に合わせてあるらしい。

インターホンが鳴った。

こんな朝早くに誰だろう——千春は町内会費の徴収かもしれないと見当をつけ、ブラ付きタンクトップの上に白いサマーセーターを着た。オレンジ色のショートパンツのまま、玄関ドアを開ける。七十過ぎだろう町会長の戸惑う顔が思い浮かんだが、まだ汗が引かず、通勤着にもしてしまっているタクシー会社の制服は身につけられなかった。

玄関前に立っていたのは、ロングヘアの、見知らぬ若い女性だった。ギザギザした生え際まで出した丸顔は、化粧気がなく、色白でつるんとしている。頬の赤みは、トマトの薄皮でものせたような透明感があった。

「お母さんだなんて……嘘ばっかり……」

ショックと嫉妬がないまぜになったまなざしに、千春はたじろいだ。

見知らぬ女性は修と同じくらいの二十五、六歳だろうが、並べば十は違って見えるはずだ。なにせ、大人びた顔立ちで長身の修は、高校時代から引率の教師と間違われた。母子が夫婦や恋人同士に間違われることも少なくない。

「待って、違うの」

冷静になってと念じ、両手を突き出して相手を制する。だが、恋人が別の女と同棲していたと思い込んでいる彼女に、効き目はなさそうだった。どうせ修が結婚を渋って、ぎくしゃくしたのに決まっていた。似たようなことが過去にもあった。前回は、この女性よりも年上らしき人が一階の花屋の前に立っており、ワンフロア一戸エレベーターなしのマンションの、最上階であるここ五階まで亡霊のようについてきて、千春を質問攻めにした。二股の疑いは晴れたが、結局、あの人とは別れたと修は言っていた。

「あのね、聞いてちょうだい。というか、聞こえる?」

彼女の目には涙がたまっていた。その瞳が千春を上から下までなめ、それから生成り色のワンピースを着た自分自身を見る。大粒の涙がコンクリートに落ち、黒いしみを作った。

「全然、負けてるし……」

ぽっちゃりした、素朴な感じの女性が修の好みなのだ。

「本当に母親なのよ、私」

彼女がわっと泣き出し、千春の端的な説明をかき消してしまった。涙でろくに見えそうにない目をして階段を駆け下りてゆく。踏み外しはしないかと、千春は手すりから身をのり出して下を覗いた。彼女は無事に表へ出たらしく、階段入口のガラス扉がバタンと閉まる音がした。

修が地元にある国立大を卒業した年に、千春は修名義の通帳を渡して、引っ越して独立するよう促したが、無駄に終わっている。修に言わせれば、もったいないのだそうだ。だいぶ前に亡くなった母の遺産を三千万円ほど受け取っていた千春は、余裕ができたからいいのよと再三勧めたのだが、そんな蓄えは何かあったらすぐ消えるよ、と修は取り合わなかった。現在は家賃や生活費、それから家事は折半。血のつながりがなければ、ルームメイト状態だ。

「もっと、彼女に気を遣いなさいよ」

部屋に戻った千春は、残りのサンドイッチを立ったまま食べ終え、食器を洗い、通勤のしたくを急いだ。自転車で五分、七時五十分の点呼には間に合いそうだ。鏡に向かい、大きなバレッタを使って、セミロングの髪をすっきりまとめる。タクシーの後部座席に座る悪ガキ壮太の顔が浮かんで、千春は苦笑した。

3

花垣公子(はながききみこ)は、保(たもつ)の求めに応じて身体の向きを変えた。背中から抱かれてされるがままになり、自由になった腕で、身ごもってから豊かになった胸やふくらみ始めた腹部を抱え込む。シーツのひんやりした部分につま先で触れる。保より先にベッドの中で目覚めて携帯電話の時計を見たから、まだ五時を過ぎたばかりだと知っていた。保が自分の会社に出勤するのが九時。その前に自宅に寄ってシャワーを浴び、朝食をともにして両親の機嫌をとるだろうし、うちの壮太と顔を合わせるのも避けるだろうから、六時にはこのマンションを出る。バツイチ同士で、公子は連れ子あり。婚約したとはいえ、来月結婚するまでは各々の生活がある。

「うちに入ったら、こうはいかないからさ」

保の熱い息がうなじにかかる。

「あんなに広いのに?」

「気分の問題さ。ここ、おれたちのために残しておこうか」

「冗談言って」

四十になったばかりの男の欲望に、公子はあらゆる工夫をして応える。廊下で部屋が左右に振り分けられた、2LDKのデザイナーズマンションを借りてくれたのは保だ。彼の甘いため息も、廊下を隔てたリビングダイニングの、さらに奥にある子供部屋までは聞こえない。壮太も小六。こういうことに興味を持つ年頃だから、公子も気を遣う。

「きみって人は……素晴らしいよ……信じられないくらい」

下になっていた保が感嘆の面持ちで公子を見つめ、強く抱きしめる。相性のよい身体。商談に役立つ英語力。伊藤家が待ち望んだ子供。最初の結婚では得られなかったそれらすべてを彼に与えていると思うと、公子は強い優越感を覚えた。前妻が二十代だったと知って気後れした自分が、今は遠かった。オーストラリアに留学して、向こうで結婚し、壮太を産んだ。そういった過去も必要な道のりだったと思うことにしている。

名残惜しそうに、それでも保はベッドを出て身づくろいを始めた。

「じゃ、今夜。早めに迎えに来るから」

「ええ。お願い」

間もなく一つ屋根の下で暮らすことになる全員が、レストランに集う約束になっている。全員といっても、保が一人息子で両親との三人家族だから、公子と壮太を入れても五人。実際のところ、壮太のお披露目のようなものだ。だが、元来のきかん気に反抗期が重なった壮太が浮くのは目に見えており、公子は頭が痛い。

「夕方迎えに来たあとに、駅へ回ろうか？」

今日の壮太は放課後、JR駅前のスイミングスクールに行くので、十分ほど遅れてレストランに到着することになっている。公子は保の両親に挨拶してからいったん個室を出て、レストランの前で壮太を迎え、直前にもいろいろと言い聞かせたあと引き合わせるつもりでいた。保もそれをわかっているはずだけれど、壮太を諭す時間を増やそうと思ったのだろう。ここまで来てつまずきたくないのは、保も同じなのだ。

「ありがとう。でも方向が全然違うし、キッズタクシーを頼んであるから」

「そうか」

子供の習い事も送迎を任せるタクシーも、生活に余裕ができたからこそ。母子二人きりの生活では考えられなかった。

保をそっと送り出してから、公子は母の顔に戻った。

引っ越しの準備、家事としなければならないことは山のようにある。

おまかせの引っ越しパックを予約してあるが、実際のところ、持って行くものは少ない。家具や家電、日用雑貨にいたるまで生活必需品は先方に揃っており、公子と壮太の暮らしは伊藤家に吸収されるといってよかった。むしろ、天然石張りの邸宅にふさわしくない、がらくたを処分することが肝心なのだ。

不用品は分別しなくても、リサイクル業者が一括して持っていってくれる手はずになっている。すでにかなりの数の箱に入り、リビングダイニングの一方の壁際に積んである。それが邪魔で、子供部屋のドアはいっぱいまで開かなかった。

「壮太、時間よ。起きなさい」

公子は青いチェック柄のカーテンを開け放った。

壮太の返事はない。目の高さにあるベッドで掛布団は盛り上がっているが、ピクリともしなかった。ベッド下に学習机がついている省スペースタイプのこの安っぽい家具も、じき御払箱になる。不要な大物には、手のひらサイズの黄色い付箋を目印として貼ってある。

「壮……！」

カーテンと同じ柄の掛布団をはぎ取ったが、ベッドはもぬけの殻。トイレの水を流す音が聞こえた。子供部屋のドアと、リビングダイニングのドアは開け放ってあり、廊下が少し見える。壮太は寝ているように見せかけて、長いことトイレにいたのか、それとも壁際に立って公子と入れ違いで子供部屋から出ていったのか。いずれにしろ、思いどおりにはならないぞ、という意志表示には違いない。

公子は腹が立ったが、我慢した。一つ大きく息を吐いてから、ベッドを直して窓を開ける。網戸越しに、六月の蒸し暑い空気が流れ込んでくる。自分に言い聞かせる。カッとしちゃだめ。怒れば今夜に跳ね返ってくる。

戻ってきた壮太に、おはよう、と公子は食卓からにこやかに声をかけた。

壮太は無言で向かいの席について食事を始める。一晩寝るごとに成長するのだろうか、アニメ柄のパジャマから手首も足首も出てしまった。顔つきが母親似だから体つきも小柄なのだと公子は信じてきたが、違ったようだ。まだ小四並みで十二歳としては小さいけれど、この勢いではいずれ長身になるのだろう。自分にそっくりな切れ長の一重の目が反抗的に睨んできたので、公子は皿に目を落とす。

結婚が決まって働く必要がなくなってから、生活に手をかけられるようになった。パンと飲み物だけだった朝食は、カフェのモーニングセット並みに色とりどりに。夕食にコンビニの惣菜をパックのまま出すこともない。寝間着のジャージで一日を過ごしたのも過去の話だ。仕事をする必要がなくなった今でも、起きてすぐに薄化粧をして、デパートくらい行ける服装を心がけている。

そういう一つ一つを非難する目、誰のためだかわかっていない傲慢な子供の視線に、公子はほとんど切れかかっていた。これも伊藤家に溶け込む準備だというのに。他人は壮太を見て、それまでの生活を、公子を知ろうとする。そうして勝手な評価を下すのだ。

もっともらしい顔をして。

「ほら、こぼれたわよ」

壮太の袖についていたパンくずを、公子は手を伸ばして取り、自分の口に入れる。壮太は反射的に母親の指先を目で追い、子供らしい素直な表情を見せた。怒りを抑えて優しく接すれば、この子だって同じふうにふるまうはずだ。せめて、いえ、まずは今夜だけでも。

「壮太は大きくなったわね。新しいパジャマ、今日買っておく。もう少し飲む?」

公子はガラスのピッチャーから、オレンジジュースを壮太のグラスに注ぎ足す。

「今度は大人っぽいパジャマにしようか。青系のチェックとか、ストライプとか。そしたら、お兄さんらしく朝ごはんにはちゃんと着がえなくちゃ。ね?」

公子がピッチャーを置くと、壮太がぬっと右手を差し出した。

「何? パンのおかわり?」

壮太の子供らしい表情が消え失せていた。

「貸せよ」

「え?」

「脳みそ」

にやりとした壮太に、公子はぞっとした。

「そしたら、めんどくさくないじゃんか。お母さまの思いどおり動けてさ」

壮太の瞳が冷たく光る。

公子は思わず席を立った。さも用事があるかのように洗面所に行き、鏡と向きあう。

にこにこ、にこにこ、にこにこ。口の中で言い、無理やりに口角を引き上げる。

「大きくなっても、お母さんて呼べばいいのよー」

明るい声を張り上げる。唇が引きつる。

あれはいつだったろう。壮太が、とってきたおたまじゃくしで、ベランダを小さなカエルだらけにしたことがあった。近所の子たちとマッチで遊んでボヤ騒ぎを起こしたり、果樹園の梨をとったりして、大目玉をくらったこともある。一緒に悲鳴を上げ、笑い、頭を下げた。腹も立ったが、楽しかった。遠足で登った山で迷い、偶然出会った登山者に救われたこともあった。公子が職場から駆けつけた時には、病院のベッドで高熱に震えていた。はしかです、一晩山にいたら命が危なかったですよ、と医者は言った。あの時のうるんだ目をした壮太が、公子の意識の中でどんどん遠くなる。ベッドは鬱蒼(うっそう)とした緑にかわり、横たわった姿は山道の奥の白い点となり、やがて目を凝らしても見えなくなってしまった。ファンタジー映画のような空想だ。山があの子を吞み込んだようでもあり、自分が山から飛び去ったみたいでもあった。

のどかな電子音のメロディーが流れた。洗濯乾燥機が止まったのだ。

我に返った公子は二人目の子がいる腹をさすり、保のあたたかい抱擁と、伊藤家の吹き抜けの明るいリビングやショールームのようなキッチンを思った。これから行く場所こそ、本来の居場所なのだ。

食事を終えた壮太に学校へ行くしたくを促し、洗濯物を干しながら、放課後の予定を伝える。学校が終わる時間に合わせてキッズタクシーがいつものところで待っており、スイミングスクールからの帰りはレストランに向かうように頼んであると念を押す。

占っていた。

一回でいい。返事があれば、今日はうまくいくし、今後も大丈夫、と。

だが、返事をしないまま、壮太は登校した。

一人になった公子は、狭いキッチンの換気扇の下に立ち、古いハンドバッグに残っていたタバコに火をつけた。おなかの子のために深くは吸わないけれど、くゆらせていると落ち着く。保と付き合うようになってタバコをやめた。彼は吸わないし、間接的な物言いで公子にもそう望んだ。バーでホステスと客として出会ったことも、派遣会社に指名して通訳の仕事をくれたことも内緒になっている。あくまで仕事上での出会いという形をとった。彼は、彼の両親の好みを知っている。

そうして公子も、彼らが、県境の町で鍼灸マッサージ院を営む凡庸な両親とは違うと承知している。伊藤家では、芸能人のスキャンダルを話題にすることも、我が子の前で婚約者の両親を「いけ好かない」とあけすけに非難することもないだろう。

子供部屋から風が入ってくる。

その風にのって黄色いものがひらりと飛んできて、キッチンカウンターの向こうに落ちた。タバコを消した公子はキッチンから出ていって、それを拾った。不用品に貼っている正方形の黄色い付箋だった。壮太のベッドから取れたらしい。そう思って子供部屋に行ってみて、公子は息を呑んだ。

部屋中に黄色い付箋がひらひらしていた。

窓ガラス、三方の壁、机やベッド、布団、床、ノートパソコンやサッカーボールにいたるまで、あらゆる場所に、数十枚。まるで大きなモンキチョウの群れが部屋を占拠してしまったかのようだ。

蒸し暑さも忘れ、公子は鳥肌が立っていた。

子供部屋を離れても、羽ばたきにも似た乾いた音がしつこく耳に残った。

4

商店が連なる四車線のバス通りを行くと、右手にAYタクシーの看板が見えてくる。白地に青い文字。大きさもデザインも控えめなのに目立つのは、新しいからだ。

この界隈の建物はたいがい古い。江戸時代の旅籠（はたご）の姿を残す店舗もあれば、昭和のにおいがする洋品店や食堂もある。町屋の面影を残した、奥に細長い敷地が多く、AYタクシーも同様だ。幅十メートルちょっと二百坪弱の土地の右寄りに一階が柱だけのピロティ式事務所が建ち、残りはガレージとなっている。手前には斎場、向こうには珠算教室。春の嵐にやられて新しい看板をつけるまでは、どちらかの車寄せにも見えた。

千春は珠算教室側のブロック塀沿いに自転車を止め、事務所への階段を駆け上がった。制服は、白のシャツブラウスに、伸縮性のあるグレーのパンツスーツ。もう着ているから、窮屈なロッカールームに寄る必要はない。

おはようございます、と新人が声をかけてきた。

「木島さん、昨日はありがとうございました」

新人といっても、千春より四つ年上の四十九歳。子育てが一段落し、家計の足しになればと入社した主婦だ。この街出身で、若い頃はバスの運転手だったというから、地理に明るく、運転技術や接客も申し分ない。昨日の初勤務に先輩として同乗した千春は、それほど教えることもなかった。丁寧に礼を言われると困るくらいだ。

「今日からお一人ですね。全然、心配してませんから」

「あら。見た目じゃわからないと思いますけど、心細いんですよ」

大柄で健康そうな身体を、新人はきゅっと縮める。

「子供とお年寄りが大半だし、バスと違って一対一が多いでしょう」

千春は笑みを返すだけにした。誰とでも親しくなるタイプとは言えない自分が、新人の彼女にあっという間に打ち解けたのを思えば、心配や励ましは無用だ。

新幹線駅がある人口三十五万の高前市でも、マイカー移動が当たり前。ただでさえタクシー利用者が少ない土地柄のうえ、二〇〇二年の規制緩和で増車が自由化され、この業界の競争は激しくなった。車両数二十五台のAYタクシーが生き残りをかけて獲得した客は、子供と老人だ。

その変革から間もなく、千春は別のタクシー会社から移ってきた。今年で十年になる。以前の会社では、五日間が一単位の勤務だった。出庫が午前八時で帰庫が深夜二時の一出番が足かけ二日がかり、二出番をこなすと都合四日間、そのあと公休一日という具合だ。一般的だが楽とは言えない。AYタクシーでは、そういった勤務形態の「マスタードライバー」と、昼の日勤中心で拘束時間が短い「サポートドライバー」に分かれていたので、千春は後者を選んで転職した。おかげで時間的なゆとりをもって働ける。よくて二百五十万円程度だった年収がさらに減るのは覚悟の上だったが、歩合が占める割合が以前のタクシー会社よりはるかに少ないので、収入は微増、かえって安定した。

サポートドライバーには介護士や保育士など接客に活かせる有資格者が多いが、千春は子育てとドライバー経験を買われての平凡な採用。子供を一人から数人あるいは保護者同伴で乗せる、会員制キッズタクシーがメインの勤務だ。もちろん一般客も乗せるし、社が推奨する研修制度を活用して、要介護者や車椅子利用者を任されるようにもなった。

マスタードライバーの古株、平さんが目線で、千春を事務所の片隅に呼んだ。同姓で名が一字違いの社員がいるから、異なる一字が呼び名になった。禿げ上がった風貌と噺家のようなしゃべり方には平さんという呼び名が似合いすぎ、時折、斎藤明平って誰だっけ、などと言い出す社員がいる。

「見なよ」

点呼と呼ばれる朝礼が始まり、社員はそれぞれの居場所に立って、社長の八木沼温子の話を傾聴する。予約に合わせて早出や遅出もあり、休みの社員もいるから事務所には十人ほど。カウンターの向こうに机が並び、席に張りついたままの配車係もいる。居酒屋のおかみさんといった雰囲気の社長はその近くに立ち、いつもの制服ではなく、ベージュ色のスーツに身を包んでいた。地元密着のきめ細かなサービスを提供し、オールマイティな社員を育てることで業績を回復させた彼女のもとには、経済紙などの記者が時折やって来る。

「社長はインタビューでもあるんですか」

千春が小声で訊くと、そっちじゃないよ、と平さんは眉根を寄せた。鋭い視線の先には、もう一人の斎藤がいた。斎藤明夫は、平さんよりいくつか年下の五十過ぎ。先週アルコールチェックで引っかかった。以前の潑剌とした雰囲気を失い、近頃めっきり老け込んだ。今もこちらに見せている後頭部には寝癖が残り、脂じみた髪に少々フケが浮いている。

「社長に指導されそうですね」

社長は身だしなみにうるさい。爪が伸びていたりすると、その場で切らされる。

「それで済みゃいいが……ありゃ、たまの深酒じゃないかもしれないよ」

千春が促したが、平さんは思案顔で黙った。社長の話は、その間に終わった。

「ま、気を付けてみてくれ。思い過ごしならいいんだが」

サポートドライバーの輪から、にぎやかな笑い声が響く。

平さんといい、もう一人の斎藤といい、どうもマスタードライバーには疲れがにじむ。

平さんは長いこと入院していた妻を看取って、斎藤明夫は離婚して、数年前から一人暮らしになった。転職、離婚や死別と、ここでは紆余曲折あるのは誰も同じだが、男のほうがデリケートなのかもしれない。

アルコールチェックを済ませて乗務員証を受け取った千春は、二人の斎藤のわびしい背中を見送り、出庫した。

5

客を乗せない間、プリウスの車中は一人きりの空間になる。

千春は好きなジャズやボサノバを聞き、窓の外を眺める。ただし、音量は控える。無線を聞き逃さないためだ。

一台目のプリウスは社長が貯金をはたいて用意したが、買い替えのたびに増やし、今では半数に及ぶ。白いボディの両側面には、AYをかたどった、流れるような虹色のロゴマークが描かれている。ドレスとタキシードのカップルが手をつないだ様子に見えなくもない。そのロゴを使った屋根のライト、通称あんどんは、キュートなエンゼルを連想させる左右に広げた翼の形。乗れば良縁に恵まれるという噂が口コミで広まり、独身女性に人気があって、結婚式に呼ばれることも少なくない。

今日最初の予約客も、娘の結婚式以来だと言って、懐かしそうに目を細める。年配のこの女性客は、中心市街地のマンションから郊外の住宅地へ向かう。

「本当に、乗るたびにいいことがあるわ」

ルームミラー越しに、話したくてうずうずしているふくよかな顔が見える。

「今度はおめでた。興奮しちゃって寝不足でね。運転は控えてタクシーにしたというわけ」

「おめでとうございます」

これから娘のところなの、朝からお料理していろいろ持ってきたのよ、と話が続く。千春は相槌を打ち、聞き役に徹する。そういえば後部座席のドアを開けて案内する際、預かった手提げの紙袋に惣菜が詰まったタッパーウエアがいくつも覗いていた。客は、助手席の後ろに下がるホルダーから、早くもキッズタクシーのパンフレットに手を伸ばす。

今日のお客さまは、明日のお客さまを連れてくる――社長から耳にタコができるほど聞かされる言葉は、こんな時に重みを増すのだ。

高前市の中心市街地は、新幹線駅を基点に約半径一キロ。その北西の縁(へり)に、ＡＹタクシーは位置する。

街は郊外に向けて幹線道路沿いに連なる。その中にショッピングセンターや工場があり、県境の山や川が近くなるにつれて田畑の面積が広がってゆく。役所、病院、コンビニに至るまで駐車場を完備。ドライブスルーのファストフード店やクリーニング店もあって、千春も時々利用する。ドライブスルー方式は浸透し、正月には郵便局の本局前に係員が立ってマイカーの窓から直接年賀状を収集するほどだ。新潟方面に向かう国道沿いには、カーディーラーと中古車センターが立ち並ぶ。法改正によって維持管理に費用がかさむようになってから数が減ったとはいえ、ガソリンスタンドも多い。

このマイカー王国を走っていると、ＡＹタクシーが生き残っていることが奇跡のように思えてくる。

千春は客を降ろし、次の予約客を帰路で拾った。

一部のドライバーからハカセくんと呼ばれる、永井典人は小学六年生。キッズタクシーの会員で、普段は放課後の塾通いにタクシーを利用する。でも、今日は小児内科クリニックからの登校だ。アレルギー体質で喘息持ちだから、体調が悪くなると時々こんな朝がある。ただ、今回は土曜に通院して校外学習に遅れていったばかり。三日と空かないのは、千春の記憶では初めてのことだ。よほど具合が悪いのかと思ったが、母親が付き添うでもなく、挨拶する様子も普通に見える。

「気分が悪くなったら言ってね」

「平気です。薬があるし」

千春は車を発進させる。

ルームミラーに、後部座席の永井典人が映っている。

キッズタクシーの会員カードをぶら下げたランドセルを華奢な身体の脇に置き、タブレット型端末をハーフパンツから出た膝にのせて、しかし珍しく操作せず、窓の外をぼんやり見ている。だからといって、眼鏡の奥の賢そうな目は眠そうでもない。

大人びて行儀のよい永井典人にも子供らしいところがあって、どういうタイミングかスイッチが入ると、びっくりするような教え魔に変身する。ネット検索と、恐るべき記憶力でもって。相手の興味あるなしなんて、おかまいなしだ。ある日は、日本の新幹線がいかに素晴らしいかを話し、またある日は、学者のごとく詳細に最新の地震予知について解説した。服にくっつくトゲトゲの草の実を車内で見つけて、大オナモミというのだと教えてくれたこともある。日本中どこにでも分布し、夏に黄色い花をつけ、発汗剤や鎮痛剤として漢方に用いられるということまで。自然や動植物に特に関心があるらしい。

赤信号で止まり、ルームミラーの中でふと永井典人と目が合った。彼は視線を外さない。何か言いたそうなので、千春は振り向いて斜め後ろを見た。

ところが、もう永井典人は窓の外を見ていた。

気持ちは千春の方に向いているのに、牛丼屋の昇り旗や開店前のインテリアショップを眺めている。そんな感じを受けたが、信号が青に変わったので千春はアクセルを踏んだ。

対面四車線の環状線は空いていた。

数台が通り過ぎたあとのがらんとした対向車線を、ＡＹタクシーがやって来る。一秒もすれば、センターラインを挟んですれ違う。千春は挨拶しようと手を上げかけ、ぎょっとしてやめた。相手は斎藤明夫。上が白、下が青のツートーンになっている旧型クラウンのハンドルにしがみつき、異様な目つきをして前方を凝視していた。両側が断崖絶壁の狭い道を行くかのように、必死な形相で。特別飛ばしてもいないから、いっそう奇妙に見えた。

「あの……」

後部座席から声がしたのはわかったが、千春は斎藤明夫のタクシーを目で追うのに忙しかった。しかった。彼の車は環状線を直進していった。

――ありゃ、たまの深酒じゃないかもしれないよ。

平さんの心配は的外れとも言えなそうだ。

どうして会っちゃったんだろ――千春はそっと息を吐く。正直なところ、斎藤明夫の心配より、わが身の不運をなげく気持ちのほうが大きかった。看過するにも、社に報告するにも、責任が伴う。環状線をもう少し早く通り過ぎていたら、こんな思いはしないで済んだ。

十五年前も同じだった。バスがもう少し早く到着したなら、家までの道をもっと急いだなら、強盗に遭うことはなかった。傘を持って迎えに来てくれた小さな修と帰り、シャワーを浴びて、アパートでの暮らしが続き……そして――。

かつて考えたことをなぞり、その時と同じところで先を考えるのが難しくなった。雨雲が広がるように、十五年前の記憶が胸を覆っていた。きっと、近頃見る夢がいけないのだ。

千春は、やっと後部座席の永井典人に気持ちを向けた。

「ごめんなさい。なあに？」

ルームミラーの中の永井典人は、何でもないというように首を横に振る。

結局、永井典人とは話さないまま、市立の三郷小学校に着いた。

脇道のフェンス寄りに車を停める。

ここから最寄りのバス停までは、約六百メートル。大人の足でも八分くらいかかり、アパートも多い退屈な住宅街だから遠く感じる。バスはよくて二十分に一本。中心市街地へ行くには遠回りな路線で、時間帯にもよるが車なら十分程度のところをバスだと三倍かかる。児童が放課後一人で駅近くの塾へ通うには、やはりタクシーが便利だ。

そうしたことが実感できるのは、千春が十五年前の事件までこの地区に住んでいたからだ。だが、今はそんな自分が鬱陶しかった。当時のアパート、利用した別路線のバス停、事件現場もそう遠くはない。客に道を指定された時でもなければ、ずっとそれらの場所を避けてきた。その事実をあらためて意識することも、何か変だった。

気分を変えたくて、忘れ物はないかと運転席から明るく声をかける。

「ないです。ありがとうございました」

永井典人がランドセルを背負う。座ったまま、少し重そうに。到着前に、キッズタクシー会員カードとタブレット型端末は、いつものようにランドセルのファスナー付きポケットに丁寧にしまい込んでいた。

千春が先に車を下りようとしたら、虫が目の前を横切って入ってきた。運転席の背もたれの側面に止まったのは、黒地に赤い星のてんとう虫。上の方へ向かって這い始める。

へえ、と思って千春がドアに手をかけたまま首をねじって見ていると、永井典人の手が伸びてきて、つん、つん、とてんとう虫をつついた。指先が触れるたび、てんとう虫は少し速く這う。足の必死な運びがかわいくて、千春は微笑んだ。こうしていると、幼かった修と過ごした時間がおぼろげによみがえり、よその子といるような気がしなくなってくる。

「どうしようか」

「僕が連れていく」

永井典人は自信ありげに口を真一文字に結び、つついた方の手で、もう一方の手のひらにてんとう虫を追い込み、そうっとつかんだ。

「上手」

車を降り、二人で正門前まで一緒に歩く。

てんとう虫は永井典人から離れようとせず、腕を肩先まで上り続けた。ライムイエローのシャツの薄い肩先で、やっと止まった。

「永井くんを信用してるみたい」

それまで前を見て得意げだった永井典人が、急に目を見開いた。

まるで、鼻先でシャボン玉が弾けたみたいな表情だ。

「どうかした？」

その顔をゆっくり千春に向け、口を開きかけたが、それだけだった。

永井典人はさっと正門をくぐり、てんとう虫はどこかへ飛び去った。

「いってらっしゃい」

何を言おうとしたんだろう――千春は校舎に入ってゆく姿を見届け、社から貸与されている車載用の携帯電話でメールする。各タクシーは無線同様、携帯電話もセットで積んでいる。仕事上の細かいやりとりは、この電話で行うのだ。AYタクシー経由で母親へ、返信のいらない、送迎完了の事務的なメールが直ちに送信される。

サービスの細かい点は、保護者の要望にできるだけ沿うので少しずつ異なる。永井典人の母親は、あまり目立たないようにタクシーを利用したい、身体が弱いだけに心を強く育てたいので必要以上にかまわないでほしいと望んだ。子供数人で利用すれば送り迎えをしないで済むし、習い事や塾がいっそう楽しくなるだろうと考える保護者もいる。これで料金は一般客と変わらない。しかも後払い。贅沢なのか割安なのか、親の勝手なのか愛情なのか。キッズタクシーに対する見方はいろいろだが、便利で安心という点は利用者に共通しているらしく、会員数は増えている。

千春は午後の客のために産婦人科医院の予約を取り、別の予約客のところへ向かう。

病院の予約や買い物代行といった救援業務も、仕事のうちだ。便利屋ほどのフットワークはないが、ＡＹタクシーを普段から利用する客には喜んでもらっている。

何かを言いかけた永井典人が、まだ目の奥に残っていた。一度目は、後部座席で。二度目は、てんとう虫を肩につけて。

「ほんとに何が言いたかったんだろ」

だが、それも三人目の客を降ろしたあと、斎藤明夫を再び見かけるまでのことだった。大木が生い茂る広い公園に入ろうとする斎藤のタクシーが、ウインカーを点滅させながら不安定な蛇行運転をしたのを、千春は見逃さなかった。

6

修は、熱々のステーキの一切れを口に放り込んだ。はふはふして嚙んだ途端、待ってました、の肉汁が広がる。濃厚な脂を含んだ黒毛和牛、甘みの強いもっちりとした白米を交互に頰張る。

三時間ばかり車を飛ばして長野県の松本市に到着した時には、すでに空腹だった。目当てのレストランが開店する十一時までさんざん待たされ、その待ち時間に街を歩き回ったから、空腹は生半可ではない。飯を大盛りにして正解だった。

着物姿のいい女が廊下を通り、ネクタイを締めた初老の男と奥の座敷へ入ってゆく。

「平日の昼間から、おねえちゃん連れか」

「ん？」

向かいの椅子にいる紀伊間が、スクエア形の遠近両用眼鏡の上から、ちらっと廊下を見た。まだ料理には手をつけず、グラスの生ビールをゆっくり飲んでいる。

古い日本家屋を洋風に使ったレストランの、二十畳ほどあるこの和室にはテーブルが四つあって、他の三つはまだ空いている。

「見合いだよ」

紀伊間の背後の襖越しに、それらしい挨拶が聞こえてきた。女は娘で、初老の男は父親ということらしい。あの女に見合う年齢の男の声もする。二組の親子に、仲を取り持った人。全部で五、六人というところか。

料理が運ばれてくる前のことだが、紀伊間は眼鏡を拭いたり銀色の短髪を掻いたりしながら、腹が減ったとぼやく修の気を紛らわす話題など提供し、なおかつ、襖の向こうの会話を聞いていたらしい。京都大学卒業後の二十代に世界をぶらついてきたこの五十男は、リラックスして情報収集を欠かさないのが習い性になっている。やっかみと敬愛を込めて、ふん、と修は鼻を鳴らした。

「なんだ」

「別に」

目尻に盛大な皺を作って、紀伊間が笑う。声は出さず、さも可笑しそうに。

修は、自分が小学生に戻ったような気がしてきた。

洋菓子工場を解雇された千春が、紀伊間酒店の隣にかつてあったパスタ専門店でパートをしていた頃から、紀伊間は大人の男だった。違いといえば白髪が勝って光沢のあるグレーになったくらいのことで、アスリートふうの若々しい印象は変わらない。

紀伊間が視線で、修の携帯電話を差した。

「いいのか。返信しなくて」

修は、スマートフォンをテーブルの隅に置いていた。今朝から梨花子が何回もメールを送ってきているが、人の家に押しかけて勝手に傷ついた女に何を返せばいいのだろう。面喰った千春の顔が目に浮かぶようだ。加えて、千春からは何の連絡もない。ということは、帰宅すると説教か気まずい時間が待っているわけだ。まったく気分が悪い。

修は聞き流すつもりだったが、黙っていられなくなった。

「どうしてそういうこと言うかなあ。飯時に」

「お母さんだなんて。嘘つき。もう信じられない――だっけ?」

「どうして人のメールを読むかなあ」

修は付け合せのニンジンを咀嚼しながらにらんだが、紀伊間はまた盛大に目尻に皺を作って破顔する。

「読んだんじゃない。見えたんだ」

「女がああなっちゃったら何言やおさまるわけ？　ほんとめんどくせー」

返信の例文でも提供してもらえるかと期待した修だったが、当てが外れた。

紀伊間は本格的に食べ始めている。とても食べ方がきれいだ。わさびを少し白身の刺身にのせ、醬油は角の先にしかつけない。大根の長いつまも一口大にまとめて口に運ぶ。まるで箸が手に吸いついているみたいに見える。楽そうなのに、姿勢もいい。北欧のどこかの街で居候した折に、そこの老夫婦と自分のために箸を作って食事をしたと、前に言っていた。老夫婦は、日本人でも感心するような食べ方を目にしたのだ。今でもその食事を思い出すのかもしれない。日本といえば、紀伊間というように。

修は箸を持つ自分の手を見て、またもむしゃくしゃしてきた。平凡という判子が、手に、頭に、経歴にバンバンと押されてゆくのが見えた。

空いた器が下げられ、それから水菓子のスイカとブドウが出された。

「今、なんだよな」

ホットコーヒーを手に、紀伊間がふいに言った。アイスティーを飲む修には何の話だかわからなかったが、黙って続きを待った。紀伊間がしばらく頭の隅で何かを考えた末に、そのことについて唐突に話し出すのは珍しくない。

「いや、今が過去になり、今が未来だってことさ」

何の話だかわからないまま、修は思ったことを口にする。

「それじゃ、過去も未来もなくて、今しかないじゃんか」

「だな。めんどくせえほうはいいが、めんどくさがられるほうはたまらねえかもよ」

胸がチクリとする。梨花子の話になっていた。

「どうしてそういうこと言うかな。腹いっぱいで幸せな時に」

——結婚なんて、めんどくさい。

五年か、もっと前だったか、酔った千春がそう言った。他に何人かいて、まだ若いんだし再婚しないのか、再婚じゃなくて初婚だもん、といった話になった時のことだ。あの時も、どうしてそういうこと言うかな、と紀伊間の隣で修は思ったものだ。もっとも、紀伊間の前だから、千春はあえて言ったのかもしれない。結婚なんてする気はさらさらない、希望は持たないで、と伝えるために。

紀伊間が例の笑いを浮かべた。

「それじゃあ、仕事の話でもするか」

「げっ」

紀伊間酒類販売株式会社の社長と社員に、二人は早変わりする。

紀伊間と彼の両親の他に、修を含めて二名の正社員がいる。

小売専門の酒屋の四代目となった紀伊間は、ホテルや飲食店へと販売を拡大し、売り上げを伸ばしてきた。立ち飲みスペースを拡大改装してバー「キイマ」にしたが、これは売り上げがとんとん、ほとんど道楽に近い。

修は大学を出てすぐ、紀伊間のところに就職した。そのほうが一般企業に入るより、はるかに面白く思えたからだ。

車を小一時間置かせてもらう約束をして、店を出る。これといったあてもなく、また街をめぐる。白壁の古い町並みを抜けて、車の多い通りへ。甘い香りに首を回す修に、シナノキだよ、と紀伊間が花の房をつけた街路樹を見上げる。気になれば、飲食店の道端に出されているメニューを覗き、雑貨店のワゴンにのっている黄ばんだ洋書を手に取る。

紀伊間が手を出した。帰りは運転すると言う。修は車のキーを渡した。今日乗って来た、二年落ちのフィットシャトル ハイブリッドは社用車だ。千春の軽自動車はあるが、修自身は自分の車を持っていない。

紀伊間は自分の体質と酒の飲み方を知っている。グラス一杯のビールじゃ、検査しても引っかからないし、運転に支障もない。なんでも低いほうに合わせなくちゃで、まいるよな。運転するとなれば一杯の酒も飲ませまいとするこの国に、うんざりした様子でそう言ったことがあった。

7

広い公園の百台は軽く収容できる駐車場は、三方にある木陰の枠が半分ほど埋まっている。公園入口には水場があり、そこの小橋から一番遠い木の下に、ぽつんと斎藤明夫のタクシーは停まっていた。

千春は一枠空けて駐車し、車を降りた。斎藤の車に近づき、彼の名を呼んで助手席の窓をノックする。どんよりした目つきの斎藤が運転席にいて、持っていた小型の水筒を身体とドアの間に隠そうとした。

前置きは不要だと判断した千春は、ドアを開けさせ、強引に水筒を奪った。ワンタッチ式の蓋が跳ね上がり、中の液体が飛び散る。千春が手についたそれをなめてみると、強いアルコールが舌を刺激した。口飲みできるステンレスポットの中には、透明の液体が揺れている。においはしない。ウォッカの水割りだろうか。斎藤のセカンドバッグの外ポケットから抗鬱剤も見つけた。五年ほど前にも、別の社員――定着率の高いＡＹタクシーではめずらしく、その社員は半年で退職した――に似たようなことがあって、千春は同じ薬を見たことがあった。

そうこうする間、降りてきた斎藤と少々争い、右手首を若干ひねってしまった。

おおげさに痛がって、斎藤をひるませる。

「斎藤さん、鍵ください」

手首を押さえたまま右手を出したら、斎藤は渋々従った。タクシーの鍵を取り上げた千春は彼を公園のベンチに誘い、途中の自販機で水を買って渡した。右隣にぐったりと座った斎藤は喉を鳴らして、ボトルの半分ほどの水を一気に飲んだ。

「言うのか、会社に」

千春は返事をしなかったが、会社に連絡するとすでに決めていた。見過ごして人身事故でも起こされたら、取り返しがつかない。

「今日はたまたまなんだ。見逃してくれ」

多少ろれつが怪しいものの、まだそんなことを言える状態なのだ。千春はいくらか安堵した。

「みんな心配してますよ、斎藤さんのこと」

斎藤が頭を前に垂らして、自嘲気味に笑う。シャツの襟垢が丸見えになった。

「みんな？　誰さ」

「一番は平さんです」

自動車メーカーの工場長まで務めたという斎藤明夫は、よかった頃の話はしても、愚痴は言わない。平さん曰く、プライドが高いのだ。

――成らなかったこたぁ諦めて、こんなもんだと思や、楽なのによ。

千春はあの言葉を伝えたかったが、やめておいた。とても平さんの味、今が一番裕福だという苦い人生を歩んだがゆえの軽さまでは出せそうにない。

家に戻って昼食がてら二時間ばかり休憩する予定だったものの、それもあきらめ、湿ったぬるい風に黙って吹かれる。十分ほどして、目の前にある県立美術館のカフェから唯一テイクアウト可能なサンドイッチを買ってきて、斎藤にも勧めた。斎藤は意外にもよく食べ、千春の分までほとんど平らげた。その食欲は、生きる気力が薄れていることとかけ離れ、ちぐはぐに映った。

千春は、食欲を分けてほしいくらいだった。

朝からサンドイッチ続きだし、正直なところ、こういうごたごたは苦手だ。

自分で選んでここまで来たんでしょうよ、と腹の中で言う。亡くなった母の顔が浮かんだ。本当なら、母に言いたかったことだ。

大手損害保険会社勤務の父は祖母、兄、千春を母に任せて単身赴任、数年に一度変わる赴任先にはいつも女がいたようで、母は常に不満を抱えていた。母から何かといえば欠点をあげつらわれる兄も、兄と比較されて優秀だの気が利くのと褒められる千春もいい迷惑だった。両親を見ていれば、貧しい農家の出だった母が、客間のある広い家に嫁ぎ、幼い頃からの夢を叶えたのだとわかる。だから、母は家や庭の手入れを欠かさず、父に直接文句を言わなかった。事実上の主と化して膨張してゆく母を、父も傍観した。そもそも、あまり帰ってこなかった。

祖母が亡くなって十年ほどして、父は他界。十五だった千春は、親戚を見送ったような淡い悲しみしか抱けず、ちょっとおかしいのかな、と自分が心配になった。その後母は、思い通りにならなかった千春を恥ずかしい娘と蔑み、兄にその穴埋めを迫って念願の子供夫婦と孫との整った生活を手に入れた。それでも、何かことあるごとに母は言った。ああ、やだ。どうしてこんなことになったんだろうね——最期まで自分をかわいそうな人だと信じて疑わなかった。

「なあ、見逃してくれないか」

話しかけられて、千春は我に返った。

「風邪だとかなんとか言って、今日は帰るから。頼む」

下げた頭が、パンくずのついた膝に向かってがくんと落ちる。まだ斎藤はあきらめていなかった。

「今日だけじゃなくて、しばらくハンドルは握らないほうが。人身事故でも起こしたらまずいでしょう」

淡々と言って、千春は先にベンチから立ち上がった。

「送ります。家にしますか、それとも病院に?」

プライドがあるなら自力で立ってくださいよ——それは呑み込み、ゆっくり先に歩き出す。さあ行きましょう、などとやわらかい声を出して手を貸せば、斎藤の気力を萎えさせてしまう気がした。

「人殺しが！」

背後から投げつけられた言葉に、千春は愕然とした。

立ち止まって振り向くと、醜く顔をゆがめた斎藤と、きょとんとした小さな女の子がいて、女の子は千春と目が合った途端に大声で泣きだし、若い母親の方へ走り去った。拾われなかったビーチボールが、芝の上でいやに赤かった。

知っている。この人は十五年前の事件を。

だが、誰からと考えるほうがどうかしていた。一体、誰から聞いたのだろう。千春自身が近くのガソリンスタンドから通報して、事件現場には救急車や警察車両の他に、大勢のやじ馬が集まったし、地元紙にも記事が載った。十五年経ったとはいえ、斎藤のような同僚がいたって不思議はない。実際、修も忘れたような顔をしているだけだし、紀伊間だって同じだ。

今までだって、千春はこういったことを考えなかったわけではない。が、忘れていたのだ。考えてもしかたのないことを考えまいとするうちに。郊外から市街地に転居して、新しい生活を築くうちに。

その場で平さんに、千春は電話をかけることにした。そこまで動揺しているつもりはなかったが、自分の携帯電話の操作を何回か誤った。ベンチに斎藤明夫を残して、駐車場に向かう。平さんに事情を話し、あとを頼んだ。予約があって千春が忙しいものと平さんは思ったようで、スペアキーを持ってもう一人誰か都合して行くから任せなさいよ、と言った。

食欲はなかったが、甘いものなら入りそうだった。タクシーを出した千春は、環状線沿いにあるチェーンのカフェへ移動した。

主婦や勤務中に立ち寄った人々で賑わう中、窓に面したカウンター席の隅でワッフルを注文した。出てきた焼き立てのワッフルを、格子状の凹凸に沿って一口大に切り、生クリームをたっぷりのせ、空いている四角いくぼみにメイプルシロップをガラスのピッチャーからなみなみと注ぎ、一滴も垂らさないように慎重に口に運ぶ。添えられたバナナやブルーベリーも時々一緒に。

ナイフとフォークによる単純な作業に集中し、糖分が身体に回ってくると、公園での出来事は遠くなった。過去を覆っていたベールがめくれ上がったのは、束の間。もう元どおりになっている。斎藤明夫が投げつけてきた言葉まで含めて、過ぎたことだ。

食べ終えた千春は、曇天に張り出したチョコレートブラウンの日除けテントが風に揺れるのを、何も考えずに眺めた。一時間後、平さんからメールが入った。

《斎藤と車　ひろった》

平さんのメールは、電報並みに短い。

8

国道十七号沿いのパチンコ店ではピンク色のウサギが看板を掲げ、カーディーラーの途切れた右手には緑の稲田が広がる。システムキッチンのショールーム。大手ハウスメーカー支社。スポーツ用品、紳士服、家電の量販店。塗り直し中の歩道橋、自衛隊車両三台が、次々車窓を流れゆく。四車線と広い歩道の整備された国道には、大空を遮る高い建物はない。厚い雲がたれ込めてきたが、それでもタクシーを走らせると気持ちがすっとする。

幼児を連れた予約客を産婦人科医院で降ろし、同院から乗り込んだ老婦人を駅前のデパートへ送り届けることになった。

色石の指輪と金色のブレスレットをいくつも身につけたベリーショートの彼女を、千春は覚えていた。いつもは、駅付近から川べりのマンションまでの二キロ弱をよく乗せる。老婦人も千春に覚えがあるらしく、あら、と言って乗り込んだ。あら、今日は意外なところで会ったわね。そういう意味なのだろう。

「ね、カマキリのボク、どうしてる？」

唐突に話が始まる。おおらかで率直な口調が魅力的な女性だ。

「ほら、なんて言ったかしら」

もどかしそうに手をひらひらさせる彼女を、千春はルームミラーで見ている。

「壮太くん」

「ええ、そう、壮太くんだったわね」

ドライバーの間では悪ガキ壮太で通っています、と教えたいところだが、四十八時間録画保存されるカメラがあってはそれもできない。

信号は赤に変わった。車列の最後尾について停車する。千春は顔を少し客の方へ向けた。

「あの時は失礼しました」

「そんなことないわ。今でも思い出して笑えるもの」

先月のことだ。

スイミングスクールがある複合ビル前で壮太が降り、通りかかったこの老婦人が入れ替わりに乗車した。道の反対側は駅ビルで、西口にほど近い場所。タクシー乗り場まで歩かなくて済んだ、というような話を老婦人がして、千春が発進しようとしたところへ、壮太が駆け戻ってきて後部座席のドアを激しく叩いた。

——忘れもの！

カマキリ、カマキリを忘れたんだよ、と壮太が叫ぶ。えっ、と千春は老婦人と驚いてシートから身体を浮かせ、まず自分がカマキリをつぶしたり、肩にのせたりしていないかを確かめた。動くなってば、つぶしちゃうだろ、と壮太がドアの向こうで騒ぐのと同時に。

本来虫が苦手な千春は修を育てるうちに免疫ができていたし、老婦人は明らかにハプニングを面白がっている。壮太は乗せろと言ってきかない。結局、三人で車内を捜すことになり、見つけたのは壮太だった。

老婦人と千春は驚きの声を上げた。天井に張りついていた虫は、確かにカマキリだったが、体長一センチほどしかなかった。卵からかえったばかりでまだ小さいのだ。色はごく薄い茶色。吹けば飛ぶような小ささだが、逆三角形の顔をしてカマを持ち、成虫とまったく同じ姿をしている。ピリピリとした野性味もいっちょまえで、何か神々しくさえあり、壮太が夢中になるのもわかる気がした。

カマキリといえば黄緑色をした大きな虫と思い込んでいた大人たちに、あれを見つけられるはずがない。

「あの子、元気があり余ってるわね」

「ええ。いつもあの調子で」

「私、子供って嫌いなんだけどなあ」

老婦人は、ふふっと愛おしそうに笑う。

千春は、身内をほめられたようだった。

もっとも、花垣壮太はキッズタクシーの会員になって一年くらいになるが、AYタクシーではすこぶる評判が悪い。ドライバーの部分カツラを引きはがしたり（壮太がドライバーの頭に飛ばした輪ゴムを取るのと、タクシーが一時停止するタイミングが運悪く重なった事故とも言えるらしいが）、泥だらけで乗車した途端嘔吐したり（ブルーベリーに似ていてうまそうだと、毒のあるヤマゴボウの実を食べてみたのだった）、とうとう今年二月には、車内で爆竹を破裂させてしまい（乗る直前に導火線に火をつけたのに反応がないので、足元に置いて持ち帰り、あとでもう一度火をつけてみるつもりだったらしい）、ドライバーたちを辟易させてきた。

爆竹の件はさすがに危ないので、保護者へ厳重注意の上、危険物を車内に持ち込まないことを条件に送迎が続いている。

乗せても実害のなかった千春が、そういう話を笑って聞いていたところ、この春から壮太の担当にされてしまった。通常は会員が指名しない限り誰が乗せてもかまわないのだが、こと壮太に限ってはAYタクシー側の都合。他に手をあげる者がいないのだ。おかげで千春は休みを取る際、壮太の送迎がない日を選ぶか、若手を拝みたおして代わってもらわなければならない。とうとう平さんから「壮太おかん」とあだ名をつけられ、壮太おかんの頼みをきいてやれ、と助け舟を出される始末。壮太が発するエネルギーは、とどまるところを知らない。

老婦人をデパートで降ろしてから、数人の客を乗せたのち、千春は午後四時の花垣壮太の予約に合わせて南城小学校へ向かった。

中心市街地の駅から南西に四・二キロ。二車線の道は、二十六あるうちの最も南の商店街を抜け、単線の私鉄の踏切を越え、さらに南城大橋となり、交通量の多い国道十七号、土手から土手までが二百メートルの香良須川を越える。

この長い南城大橋に上がり、平らな街から対岸の里山、遠く県境の山々まで見渡すと、今にも雨が降り出しそうなこんな日でも、千春は胸がすっとする。グライダーで低空飛行しているような気分だ。

正面のやや左手に、南城小学校の裏にある小山が見える。遅くても四時十分前には、待ち合わせ場所の香良須神社に着ける。風雪にさらされた白木の鳥居とその奥の六畳ほどの無人の社、詰めこみで五、六台入る土の駐車場が道端からすべて目に入る、静かなところだ。鳥居の近くに駐車すれば、壮太の様子を運転席から見守ることもできる。

雨が降り出したなら、壮太は黄色い傘を差して神社の駐車場へやって来るだろう。校門を出る児童の流れに逆らい、ゆるい坂を前傾姿勢で。

壮太はタクシーを特別見もしないし、急ぎもしない。

日によっては、坂の途中で立ち止まり、ぼうっとする。ランドセルを背負い、右手にお稽古道具を入れたアディダスのバッグ、左手に上履きが入った巾着袋を持ったりして。車で下りていってやりたいようだが、タクシーが下校する他の児童の妨げになるという理由で、学校側から母親に注意があったらしいからそれもできない。幹線道路からそこまで上がってくる間のほうがよほど危ないし、校門から上に児童はほとんどやって来ないのだから、千春からすればナンセンスな話だった。

だからそんな時、壮太にはご苦労さまと思うし、実際、千春はハンドルにもたれて言うこともある。もちろん、壮太には聞こえない。

傾斜十度くらいだろう、わずか二十メートルの距離でも、一、二学年下に見える背丈のあの子からすると、母親に決められたきつくて長い道のりに違いない。

たまに裏の小山の方から草だらけで駆け下りてきたり、社の陰から友だちと飛び出してきてバイバイしたりする姿を見ると、千春はほっとする。

それほど車中での会話は多くないが、ある日こんな話をした。

——スイミング、楽しい？

——だりぃ。サッカーのほうがいい。

別の日には、こんな話もした。

——英語なんかさー、習って意味ある？

——あるでしょうよ。こういう仕事をしていても、もっと話せたらよかったと思うことがあるもの。時々、外国人のお客様を乗せるから。

——だけどさ、頭のいいやつが言うんだ。ほんの何年かで、外国人と簡単に話せるようになるかもって。スマホ使うと、相手の英語が日本語になって、こっちの日本語が英語になって聞こえる、みたいな。そうなったら絶対笑うと思うよ。英会話スクールって昔あったよな、とか言っちゃってさ。

通話とメール程度しかできなかった携帯電話が、今では財布がわりになり、簡単な翻訳ならできるのだから、自動同時通訳機能も現実味のある話だ。近頃の小学生は考えることが違うなあ、とその時千春は感心してしまった。

ともかく壮太は、水泳よりサッカーがしたいのだし、英語より虫のほうが好きなのだった。気に入らなければなんでも蹴散らしそうなパワーがあるくせに、我慢しているあのやんちゃ坊主の胸のうちは、なかなか複雑そうだ。

南城大橋の中ほどを過ぎて下りに入ると、前のセダンがブレーキを踏んで停止した。千春もタクシーを停める。あらら、と思わず声が出た。

かたまっている五、六台の少し先に、派手な荷崩れを起こした小型トラックが見えた。荷台の廃品が落ち、カラーボックスや古畳などが対向車線の通行まで妨げている。直進するより他に南城大橋から下りるすべはない。

小型トラックから二人の男が出てきた。ふてくされ気味に見えるが、積み荷を戻す動きは悪くない。対向車の先頭にいるダンプカーから運転手が降り、邪魔なものを低いコンクリートの中央分離帯越しにこちらの車線に寄せて、さっさと走り去った。対向車線は通常どおり流れ始める。

千春は窓を閉めて無線で社に連絡を取り、間に合いそうにない場合に別の車を用意できるかどうかたずねた。十分の余裕が七分になり、六分になる。斎藤明夫が早退して今日は忙しくなっているが、五分遅れならなんとか香良須神社に一台回せると返事があった。小型トラックは荷崩れを直し、紐をかけている最中だ。この分だと自分のほうが早く行けそうだと踏んだ千春は、その旨を配車係に伝えて無線を終える。

悪くないタイミングで、小型トラックが走り出した。

千春も他の車に続いてタクシーを出し、陸橋を下りた。

道は左に大きくカーブし、小山を迂回する。

千春はその途中の信号を右に折れた。しばらく行って、三叉路を左に曲がる。帰りはどちらに曲がっても市街地方面に出られるから、いつも壮太に道を選ばせる場所だ。今では訊かなくても、右か左か後部座席から声が飛んでくる。

「オンタイムかな」

ゆるい上り坂は狭くて電柱があり、民家や古い店が続く。対向車は少ないが、老人や下校する小学生たちが車道に出てきて、思うようには進めない。結局、到着は四時二分。それでも雨はまだだし、スイミングスクールにも充分間に合う。

小学校を過ぎ、千春はバックで神社の駐車場に入った。壮太はまだ来ていない。今日は裏山から走って来るのか、社の陰から出てくるのか。

ところが、なかなか現れない。

四時八分。千春はタクシーを降りて、裏の小山に続く道や神社のさほど広くもない境内を見て回ったが、子供の姿どころか、人影がなかった。校門を出てくる小学生の中にも、壮太はいない。

雨が降り出した。色とりどりの小さな傘が次々開く。

四時十二分。スイミングスクールに間に合わせるには、ぎりぎりの時間になった。壮太にこれほど長く待たされたのは、初めてだ。雨足が強まってくる。ぼちぼち次の予約にも差し障る時間だが、そんなことよりも嫌な予感が先に立って、千春は、車載用の携帯電話でAYタクシーに連絡した。事情を話し、保護者とスイミングスクールに電話してもらう。

会社からの折り返しも心もとないものだった。母親のほうには、電話に出ないのでメールを送信しただけ。スイミングスクールのほうにも休むなどの連絡は入っておらず、何かわかったら電話してほしいと頼むにとどまった。

結局、ＡＹタクシーが学校に連絡をとった。

間もなく、校舎から大人が飛び出してきた。

千春はワイパーを動かし、フロントガラスの雨だれを拭った。ビニール傘を差した男性教師らしき人影はタクシーを認めた様子で、子供たちを呼び止めたり校庭を見回したりしながら、雨の中をやって来る。坂を上がってくる彼が、まだ大学生のような頼りなさを残している顔に、自分と同じような不安を滲ませているとわかってくるにつれ、千春の嫌な予感も濃くなった。ますます雨は強まる。

「なんなの、この雨……」

千春は、再び車を降りた。激しい雨に一気に呑みこまれる。ドアを薄く開けて先に傘を出して広げたものの、そのわずかな間にも濡れてしまった。一滴も浴びたくなかった——そう思っている自分がいた。教師に会釈しつつ、腕や衣服の雨を払い落とす。理屈に合わないことだとわかっていても、十五年前のあの夜の雨が今降っているような気がしてならなかった。

Ⅱ　行方

1

千春の嫌な予感は的中した。

壮太は消えてしまった。

タクシーまでやって来た担任は、学級の連絡網に一斉メールを送信して、クラスメートから情報を集めた。下校時の午後三時四十分頃、一番先に教室を出ていく壮太をクラスメート数名が見たというだけで、その後については何もわからない。

千春は八木沼社長の指示もあって、教職員らと日没まで徒歩と車で周囲を捜しまわったが、七時過ぎにいったん社に戻った。斎藤明夫と千春の穴埋めに加え、雨による急な客が重なり、事務所に残っているのは社長と事務方だけ。朝スーツ姿だった社長は制服に着替えており、自分の机の電話を置いたところだった。

カウンターを回って近づいてくる社長に、千春は頭を下げた。

「忙しい時に申し訳ありません」

「何言ってるの」

「壮太くんのお母さんから連絡は」

社長は首を横に振り、机に用意してあったバスタオルを濡れそぼった千春の肩にかけた。ケータイを忘れたのかも、そうね、と事務員たちが話している。シングルマザーの花垣公子は地縁血縁が薄いのか、緊急時の連絡先の二つ目の欄は派遣会社にしており、しかし、すでに退職していたことがこの騒ぎでわかったのだった。

もう仕事になりそうにない。千春は売上金を収めて日報を提出してから、社長の机の脇に椅子を一つ持っていき、そこへ落ち着いた。ＡＹタクシーに、社長室はない。

「ひどい雨ね」

社長が、千春の足元に目を落とした。雑巾で拭ってきたが、千春のパンツは泥じみがひどい。一度足を滑らせて尻餅をついたので、制服は上着まで汚れていた。

「まったく、どうしちゃったのか。外遊びに夢中になれる天気じゃないんですが」

「やんちゃだけれど、時間は守るお子さんだそうね」

「ええ。担任の先生もそうおっしゃっていました。だから、裏の山で足でもくじいて動けなくなっているのかもしれないと捜したくらいで」

社長は話しながら、隅の流しを往復して緑茶とみたらし団子を出してくれる。

千春はさっそくそれらを口に運んだ。気温は低くはないが、濡れた身体は冷えていて湯呑を手放す気になれない。壮太は、今この瞬間も、裏山の藪の中にうずくまっているのかもしれなかった。あの子は以前遠足で行った山で迷って登山者に助けられたことがあると、教員の一人が言っていた。

自分の椅子に座った社長が、千春と目を合わせた。

「こうなると、いよいよ警察かしら」

「学校でもその話が出ました。ただ警察に届けるにしても、母親の花垣公子さんに連絡がつかないことには」

連れ去りの可能性も否定できない。いたずら目的、あるいは交通事故を隠ぺいするために愚かな行為に走る者は後を絶たない。

社長が事務所の壁掛け時計を見た。

「まだ当分、ご苦労さまってわけにもいかないわね」

「はい。警察に届けが出されれば、私も経緯を説明する必要があるでしょうし……その前に、壮太くんが無事に見つかってくれるといいんですが」

土砂降りの雨。警察。千春は思わず、大きく息を吐いた。自分の過去と壮太の安否がないまぜになって胸を覆う。

「すみません。実は、予約の四時に二分遅れたんです」

千春は頭を下げた。

承知しています、と静かな声が返ってきた。

「荷崩れを起こしたトラックに道をふさがれたそうね。しかたがないわ」

不可抗力にしても、千春はあの二分が悔やまれた。四時ちょうどに神社へ到着していたなら、何事かが起こる前に壮太をタクシーに乗せられたのかもしれない。

背中にあたたかい手を感じて千春が我に返ると、いつの間にか社長がそばに立っていた。

「斎藤明夫さんのことといい、まったく大変な一日ね」

「あの、斎藤さんは?」

社長は腰を折って、平さんと話したんだけど酔いが醒めてからだわね、と他の事務員に聞こえないようにささやいた。千春はうなずいた。平さんは直接社長に相談したようだ。あまり話を広げずに、退職を促す方向なのだろう。一日や二日で酒が断てるとも思えない。

「まあ、それはあと。ともかくあなたは一休みしたら着替えてらっしゃい。私の車を使ってかまわないから」

車の鍵と予備の制服を、千春は受け取った。

一日使ったプリウスはタイヤ回りから運転席まで、泥で汚れている。後回しにはできない洗車を千春は急いで終えて、社長のセダンで自宅マンションを往復した。シャワーを浴びて着替えると人心地ついて、今は悲観的になるのはよそうと思えるようになった。

社に戻ってすぐに、壮太の母親が来ていると学校から連絡があったと教えられた。今度は社長の車で、社長を伴って学校へ出向いた。

後部座席に置いてあった千春の大きなバッグを見て、社長がそれは何かと訊く。

「着替えと、レインコートや長靴なんかです。場合によっては、もう一度捜索に加わろうと思って」

午後八時半を回り、学校と周辺に緊張感が増していた。

携帯ライトを持った父兄らしき姿が多数あり、パトカーもめぐっている。校庭内にもパトカーが一台駐車してあった。

職員室前では、花垣公子が横顔を見せて担任と話し込んでいた。千春は壮太を自宅に送り届けた際などに、彼女と面識がある。人目を引く美人という印象は今夜も変わらず、パールのネックレスをして紺色のふんわりとしたワンピースを着ており、あらたまった席から駆け付けた様子だった。

「遠出なんて……あの子には五百円くらいしか持たせていませんし」

花垣公子は、不安そうにハンカチを口元に当てる。

五、六メートル手前で立ち止まった千春たちが声をかけあぐねていたところに、父兄らしき中年女性二人が奥から出てきて、優雅ねえ、こっちはびしょびしょなのに、と不満を漏らして小走りに通り過ぎた。彼女たちを担任がちらりと見た時、千春もそうしたので目が合った。花垣公子にも聞こえたはずだが、彼女は動かない。

「花垣さん、AYタクシーの木島さんですよ」

「あっ……はい……」

促されて、花垣公子はやっと身体の向きを変え、ほとんど視線を上げないまま会釈した。

花垣公子と担任に、千春は社長を引き合わせた。花垣公子は無言でもう一度頭を下げる。レースで縁取られた水色のハンカチ。コーチのベージュ色のハンドバッグ。気の毒なほど、服装が場違いだ。

関係者は校長室に集められ、担任がひととおり紹介した。

奥のソファに左から校長、花垣公子、担任が、手前のソファには校長の向かいから社長、千春、制服の年配のほうの警察官が座った。もう一人いる若いほうの警察官は戸口近くに立ち、出たり入ったりを繰り返している。

誰もが花垣公子をいたわった。しばらく接していると、妊婦だとわかってくるからだ。彼女はヒールの低い靴を履き、ふくらんだ腹部をかばう仕草を時々見せる。千春も今日初めて気づいた。

年配の警察官が手帳を開き、メモの準備をした。

「ご婚約を？」

遠慮なくさらりと訊く。花垣公子が一人親であると知っているからこその質問だった。

彼女はしかたなさそうに小さくうなずき、目を伏せる。口元を覆っていた水色のハンカチを下ろして左手を覆った。左手の薬指に輝いていた、大粒の婚約指輪を隠したのだろう。

別れた前の夫が壮太の父親なのかと念を押され、住まいを訊かれると、オーストラリアですから、と返答が短い。

ずいぶんとまた遠いんだな、と千春は思った。

お出かけだったようですね、と警察官は質問を変える。

「はい。遅れて申し訳ありません。今夜は外で食事をする予定がありまして」

「ご婚約者と」

「あっ……はい。あちらの家族と、それから壮太も」

警察官は小刻みにうなずいてメモをさっと取り、周囲を見回した。千春は意識的に表情を変えなかったが、担任と社長は初耳といった表情を隠さない。

警察官の態度には、含みがあった。ほほう、子連れで再婚、しかも妊娠が先ですか、といったような。

そのせいか花垣公子は顔を上げ、警察官を見据えた。千春も当然だと思った。家庭に問題がないか探ろうとしているのはわかるが、デリカシーに欠けている。

「壮太も、今夜の食事を楽しみにしていたんです」

花垣公子は弱々しく微笑んでから、遠い目をした。

「朝からケータイが見当たらなくて、しかたなくそのまま外出したんですが、まさかこんなことになるなんて思ってもみなくて……」

膝あたりに目を落とした花垣公子を、警察官はじっと見つめている。

「レストランの約束は六時、壮太は十分ほど遅れる予定でした。でも、壮太が来ません。ケータイがなくてAYタクシーさんからのメールが確認できないので、電話番号が頭に入っていたスイミングスクールに電話して……そうしたら、壮太は来ていないし、学校からも壮太が顔を見せたら連絡してほしいと電話があったと……」

スイミングスクールに連絡をとったのは弊社なんですが、と社長が訂正し、話が混乱したようですね、と担任が付け加える。花垣公子は額に手を当て、何度もうなずいた。

「すみません、私も記憶が……とにかく、スイミングスクールから学校の電話番号を聞いて」

「お母さんから学校へ連絡された」

「はい。それで先生から、壮太が四時に予約したタクシーにも乗っていなくて、運転手さんまで捜してくださっていたというお話を伺いました。あっ、私ったら……」

ああそうだった、と思い出したように花垣公子から頭を下げられ、千春はあわてて首を横に振った。予約時間に二分遅れたことが胸を刺した。

花垣公子は、また警察官に顔を向けた。

「それで、とにかく学校にと」

「ご婚約者が送ってくださった？」

「いえ。そう言われたのですが、タクシーをレストランで呼んでもらいました」

「ご心配ですね」

お相手とあちらの家族のご機嫌も——と続きが聞こえそうだった。嫌味な口調が独特な警察官は、不快をあらわにした花垣公子から千春に視線を移した。尻をずらして少し離れ、左横にいる千春をしげしげと見る。

「着替えましたか」

「あ……はい」

「いいにおいがする」

警察官は獅子鼻をこすり、にやりとする。このいやらしさは職業病というより、性格の問題という気がして、千春は冷ややかに見返した。横から社長が、私が着替えさせました、と言った。あらぬ疑いでもかけられそうで、口を挟まずにいられなかったらしい。

「タクシーの予約は、香良須神社に四時だったそうですね」

はい、と言ってから千春は首をねじって社長を見た。社長は二重顎の肉を大きくはみ出させてうなずいた。予約時間に遅れた件を正直に話しなさいという意味だ。

「ただ、今日は二分遅れました」

二分遅れた、と警察官はねばっこく復唱してメモを取る。校長、花垣公子、担任の、千春を見る目が鋭くなった。千春は事情を説明して、社長と頭を下げた。

警察官は、戸口にいる若い警察官と意味ありげに視線を交わす。

「タクシーが到着したのが、午後四時二分。となると、壮太くんは四時に神社にいた可能性もある。タクシーが来ないから、道を下りていったかもしれませんね」

「いえ。下りないと思います」

花垣公子の厳しい視線を感じつつ、千春は思ったまま正直に答えた。

「乗車は神社と決まっていましたから」

警察官はうなずいた。

「なるほど。そういえば、先ほど担任の先生から伺いました。壮太くんは時々元気がよすぎるものの、約束は守ると」

警察官が急に千春への関心を失ったみたいに、花垣公子へ顔を向けたので、千春はいくらか緊張を解いた。しかし、目の端にいる花垣公子の視線が痛い。

「それで警察に届けを出された、と」

警察官は渋面を作った。あちこち突いてみたが、大した収穫はなかったというところか。

「ありがとうございました。そうしましたら、お母さんだけ、お残りいただけませんか」

千春は社長、校長、担任とともに席を立った。目の端に、白っぽいものがちらついた。前を見ると、花垣公子がハンカチを握る手を震わせ、顔を引きつらせていた。

「二分って、あなた……謝って済むのかしら……」

蒼白の彼女に睨まれ、千春は動けなくなった。

「あなたね……時間どおりにタクシーが来ていたら……壮太はタクシーに乗って……」

花垣公子は、今まで担任が座っていたソファの座面に両手で触れ、

「こんなことにならなかったかもしれないじゃありませんか！　そうでしょう？　ねえ！」

と叫びながら、ハンカチごと拳を何度も打ち付けた。そこがタクシーの後部座席でもあるかのように。もう、どこを見ているのかわからない目つきになっている。

千春は、どうすることもできなかった。

あの二分が運命を分けたのかもしれないという懸念が、事実になってしまったかのようだった。この段階でそこまで言うなんて。ひどい。そう思ったが、母親としての同情や、壮太への個人的な親しみがごちゃまぜになり、喉が締めつけられたようになって何も言えない。

「もしものことがあったら、どうしてくれるの。たった二分かもしれませんけどね、私にとっては……私たちにとっては……」

ローテーブルに手をついて詰め寄る花垣公子を、校長と担任が押しとどめ、警察官は事情聴取をあきらめた様子で部屋を出ていく。千春は社長とともに頭を下げた。

千春は頭を下げた姿勢のまま、壮太を見ていた。壮太は学校前のゆるい坂を上がってくる。ランドセルの他に重そうなアディダスのバッグや巾着袋を持って。途中で立ち止まっても、また歩き出した。きかない男の子のようでいて、母親の言いつけはちゃんと守った。よほどのことが起きたのだ。

2

千春は、社長と二人で校長室を出た。

花垣公子をなだめる担任から、今日のところはもう、と促されて出てきたのだが、教職員用玄関でホワイトボードを見た途端、帰る気が失せてしまった。来た時にはなかったものだ。

　ホワイトボード上には、裏山から香良須川河川敷に至るエリアを五つに分けた略図が描いてあり、各々のエリアに教職員と父兄、近隣住民四十名くらいの氏名が振り分けられていた。時間の経過とともに、素人とはいえ捜索が組織立ってきた。それだけ事が深刻度を増したように感じられる。

　捜索に加わる場合は適当なエリアを選んで氏名を記入してから参加してください、と指示する一文の下に、壮太の顔写真と、容姿を示したイラストもマグネットで貼ってある。

　壮太の今日の服装は、ラグラン袖の紺色のTシャツ、ポケットがたくさんついたハーフパンツ、白地に鮮やかな青のラインが入ったアディダスのマジックテープ付きスニーカー。持ち物はランドセルの他に、アディダスの青いショルダーバッグ、モスグリーン色の手提げバッグ。

　千春はどれにも見覚えがあった。

　手提げバッグは時々しか見かけなかったが、かわいいと思い、実際にそう言ったことを覚えている。帆布製で、上の方の真ん中に、五センチ角くらいのクリーム色のタグが縫いつけてあり、そこに、真上から見たキュートなヤモリが、バッグと同じモスグリーンでプリントされていた。ぐるぐる巻きの尻尾で愛嬌のある小さな目をしたヤモリを思い出すと、体長一センチほどのカマキリを宝物にしていた壮太の顔が浮かんできて、千春はたまらない気持ちになった。手提げバッグの中には、昆虫や電車の本が入っていた。

「社長、ここで待っていてください」

社長の車まで往復し、後部座席に入れておいたバッグを持ってきた。

「先に帰っていただけますか。私は壮太くんを捜します」

「そう言うと思ったわ」

車の鍵を受け取った社長は腕時計を見た。

「明日は出勤できる？」

「仕事に差し支えないように心がけます」

「うちも人手に限りがあるから、よろしくね。それから、人がいるところでは言いにくいけど、過度に責任を感じないこと。無理は禁物よ」

千春はうなずき、その場で社長と別れた。Tシャツと楽なパンツの軽装になり、自転車通勤で着る雨合羽（あまガッパ）の上下、それから長靴を身につけ、ホワイトボードの裏山のグループに自分の氏名を書き足してから表に飛び出した。持参した大型の携帯ライトの光に、激しい雨が光る。フードを叩く雨音がやかましい。

センターラインのない舗装道路を裏山の方へ上がっていくと二、三のライトが光っていて、県全域に大雨警報が出ましたよ、まいったねえ、と右下のゆるい斜面の雑木林から話し声がした。やがて一人が携帯電話で話しながら、道路に上がってきた。黒縁の眼鏡の中年男性だ。

「あった？　子供のスニーカー？」

大声を上げつつ千春に会釈する彼を、もう一人の小太りな初老の男性が追ってきた。二人とも千春と似たような恰好で傘は持っていない。もちろん千春は初対面だったが、何をしているかは一目瞭然だから説明する必要がなかった。合流して話を聞く。少し上のカーブを外れた藪に、子供のスニーカーが片方落ちていると連絡があったのだ。

千春は、山の舗装道路を彼らと駆け上がった。目に雨が入る。世界が歪む。スニーカーが壮太のものならいいのか、そうでないほうがいいのか、わからなかった。無関係な昔の事件が、細い細い糸で今につながっているような錯覚に陥りそうだった。どこからか声がする。人ひとり殺しておいて忘れてたろ、何もなかったみたいに忘れてただろう、だからこんなことになるんだ、と。それはあの男の声。今となっては思い出すこともできないはずの、しかし確かに若原映二の声だった。背筋に悪寒が走った。十五年前の雨の日に、十五年かけて戻ってしまった。そういう理屈に合わない思いが、いかにも本当であるかのように千春の胸に迫った。

先のカーブで、ライトが大きな円を描いて合図する。

「この下です！」

千春たちはそのライトを持つ女性の指示で、カーブのふくらみに沿ったガードレールを乗り越え、道路右下の雑木林へ下りた。斜面は、堆積した腐葉土でふかふかだ。下の地形がわかりにくく、足が思わぬ石に引っかかったり、あるはずの地面がなくて滑ったりした。三十メートルほど下りた比較的平らな場所に、複数のライトが固まっており、クスノキの太い幹が影となって浮かび上がっていた。

スニーカーは、クスノキの根本にあった。

下りていった千春たちと、その場にいた数人で、薄汚れたスニーカーを取り囲む。スニーカーは左足用。白地に青い線。小指側の面を上にして転がっており、半分が古い落ち葉に埋もれている。マジックテープもついていて、ベロにブランドロゴがあり、マークと「das」の文字が見える。壮太のものとよく似ている。

実際にスニーカーを目にすると、千春は絶望的な気分に襲われた。壮太が自力で行動したなら、靴を片方履かずにどこへ行くというのだろう。

「サイズは？」

全員が首を横に振る。上履きのサイズを見ておくまでの気が回らず、担任経由で母親に確認を取るにも、現段階ではそのショックを慮（おもんぱか）ると憚（はばか）られたというところらしい。

まだ誰も触ってません、と一人が言った。

拾い上げてみます、と千春は言って、スニーカーをつまみ上げた。雨合羽の袖に手を入れ、生地越しにベロの端をつかんでいる。ひっついたままの濡れ落ち葉を、持っているライトで落とそうとしたが、うまくいかない。ライトを足元に置いて左手を空ければいいものを、わかっていながら、焦ってそれができない。感じている以上に、気が動転しているのだ。四方八方から伸びてきた手が、靴に触れないよう慎重に手伝ってくれる。サイズはどこに書いてあるの、ソールかな、インチ表示かい、と男同士の会話が飛び交う。

人のライトが直に目に入って一瞬目がくらんだ千春は、強く瞬きして残像を追い払った。その直後、スニーカーに焦点を合わせて、はっとした。

「違うわ!」

ブランドロゴが「adidas」ではなかった。アディダスに似せた別物だ。

安堵とも失望ともつかないため息を、千春は吐き出した。膝がガクガクした。他からも、ため息や小さな笑いが漏れる。

携帯電話が鳴った。ざわつきがやんだ。捨て置くと紛らわしい代物になりそうなスニーカーを千春は小脇に抱え、古い型の携帯電話を開いた。家族からだと言うと、緊張していた空気がまたゆるむ。

「晩飯、食う?」

修の能天気な声に、千春は不謹慎にも、ほとんど笑い出してしまいそうだった。予め人の輪から離れておいてよかったと思った。修がこのゆるい空気をもたらしたような気さえした。

思えば、人を殺したこの右手を最初につかんだのは、バス停まで迎えに来た修だった。お母さん早く帰ろうよ、と大きな声で言った。傘を肩に預け、その持ち手に長傘をもう一本引っかけていた。それだけで、警察官の目つきが柔和になった。修は、千春の保証人だった。千春が子供に愛情を注ぐ、まともな人間であるという唯一の保証人。

土砂降りの中で、あれが今現在のことのように、耳に、手に、胸に思い出された。千春は目頭が熱くなった。声の震えを咳払いでごまかし、今夜は遅くなりそうだと淡々と事情を説明する。

3

晩飯を食うかどうかで始まった母子の電話は、深刻な相槌や質問の末、終わった。紀伊間一志は、おおよそ聞いて話が呑み込めた。だから、黙っている。

修はスマホをカウンターに置いて、鼻下から顎にかけて生やしているごく短い髭を掻き、キイマの店内を見渡している。

古い煉瓦の壁。樫の一枚板の分厚いドア。ワイン樽の廃材を張った床。一番上が天井近くまである、階段式で升目状に仕切られた通称「階段棚」が、カウンターの後ろと、突き当りの計二か所。あとは中古の不揃いなテーブル、ソファ、椅子が置いてある。階段棚にはもちろん、壁という壁、仕切り壁の一部、カウンターの客の足元など、ありとあらゆる場所に作られた棚に書籍が並ぶこの薄暗いバーは、修の職場の一つなのだから珍しいはずもない。どうしようかと考えているのだ。

そのうち何か言い出しそうな修を横目に、紀伊間はカウンター下にある冷蔵庫から、タッパーウエアを出した。中には、夕方畑で摘んだブラックペパーミントが入っている。目の前には、京都大学の同期で、初めてここを訪れた経済学者の魚住がいる。

「なんだ、その葉っぱは」

バーは定休日だ。奥の離れに旧友を招いたのと変わらない。

「モヒート、作るよ」

経済学者というよりも、絵描きと名のったほうが信じてもらえそうな、ラーメンヘアに麻のシャツの魚住は、思いきり鼻に皺を寄せた。

「やだよ。そんな女やガキが飲むようなのは」

「いいから、飲め」

紀伊間はクラッシュアイスを三分の一ほど入れたタンブラーに、ブラックペパーミントを数枚、櫛形にカットしたライムを入れて、少量のシロップ、ラムのバカルディスペリオールを注ぐ。それらをすりこ木状のペストルでザクザクと軽くつぶし、ソーダ水を少し入れる。最後にバースプーンでさっとかき混ぜ、ミントの葉をあしらう。街の酒屋の親父が、バーテンダー並みに恰好をつける必要はない。要は、味だ。

「ほい、お待ちどおさん」

コルク製コースターの上に、冷たい輝きと濃い緑が美しいモヒートを紀伊間は置いた。

魚住はグラスを渋々持ち、またも鼻に皺を寄せる。

「モヒートってさ、ミントが青臭くって――」

一口飲んだ魚住が、意外そうに、眉間をさっと開いた。

「あれっ、青臭くない」

もう一度確かめるように酒を味わう魚住に、紀伊間は破顔した。

「だろ。ミントってやつは、雑草と一緒に育てると青臭くなる。俺は畑の土を全部入れかえて、ブラックペパーミントしか作ってないんだ」

「へえー。畑も持ってるのか」

「このためだけに、ちょこっと借りた」

「優雅な暇人だな。こっちは大学のかけ持ちで食いつないでるっていうのにさ」

紀伊間は、ボーズのオーディオを操作して、スチールドラムが弾む音楽の音量を絞った。

「なあ。暇人とイマジンって、似てないか」

　言えてる、と言って魚住はにやつき、修がこちらを向いた。

「紀伊間さん、市がやってる『あんしんほっとめーる』は、いなくなった子供の情報でも流せますかね」

　人前だから、さん付けだ。

「どうかな。人探しに関しては、徘徊してる老人の情報しか見たことねえな。あとは引ったくりや変質者の出没、火事、地震。それから天気の警報注意報ってところだろ」

　東京在住の魚住のために、紀伊間は少々注釈をつけておく。新幹線で一時間弱、同じ関東圏だが、この辺りの暮らしは都心とかなり異なる。

　魚住は、モヒートを味わうと決めた様子で、話を聞くともなく聞いている。

　子供はだめさね、と奥の階段棚の方から濁声（だみごえ）が飛んでくる。

「年寄りだって、事前に本人か家族が個人情報の公開を承諾してるからで」

　別の声が最も暗いコーナーから、

「その子の保護者に許可取って、そこのラジオに頼みなさいよ。今夜は若い子たちが生番組やってたかな」

　と言い、濁声が相槌を打つ。

そこのラジオとは、地元のコミュニティFM「エムラジオ」のことだ。一本向こうの駅前通りの角に、ガラス張りのしゃれたスタジオがある。紀伊間は自分の携帯電話で、エムラジオの代表取締役に連絡し、夕方から行方不明になっている小学生の情報を流せるかと問い合わせた。いいよ、親御さんの許可取って、と返事があった。エムラジオの代表取締役は、紀伊間の高校の同級生だ。

横で修は、早くも千春に電話している。紀伊間は、礼を言って自分の電話を切った。

「エムラジオが協力してくれるそうだ」

修は、わかったという意味で右手を上げる。

いなくなった子供が通う小学校の裏山に、千春はいるらしい。この土砂降りが心身にきいていないといいが、と紀伊間は思っていた。六月。豪雨。命。警察。自分もそうだが、千春も、修も、十五年前の雨を思わないわけにはいかないはずだ。

「最初からいる、あちらの方々は？」

魚住が訊いた。

「渋い声が眼鏡屋の親父の西田さん、暗い隅っこがお好みなのはトンカツ屋のご隠居の幾之介（いくのすけ）さん」

「素晴らしいチームワーク。でも、今夜ここは休みなんだよね」

「ああ。来た時に言っただろ」

「もしかして、明日のキイマ会に?」

「みえるよ。あちらのお二人も」

キイマ会とは、紀伊間が始めた不定期の講演会だ。講演会といっても普通にバーを開け、こぢんまり行うだけで、参加料は取らないし、発言も自由。肩ひじの張らないものだ。ソフトドリンクを注文して加わる未成年や、テーマによっては親に連れられてくる小中学生もいる。魚住は今夜紀伊間の部屋に泊まり、明日講師になる。友だちのよしみというやつで、紀伊間は彼に対して特別な謝礼はしない。かつての講師役も友人知人か、そのまた知り合いが多く、足代くらいしか払ったことがなかった。

「話には聞いてたが……眼鏡屋の親父さんとトンカツ屋のご隠居さんが、トマ・ピケティに興味をお持ちなのかい」

「そういうこと」

トマ・ピケティが聞こえたらしく、奥の二人が本から目を上げて頭を下げた。紀伊間は魚住を紹介した。先生でしたか。これはこれは。父親に相当する年齢の老人たちに歓迎され、魚住は恐縮して自分のほうが席を立って一礼した。

「へえー。キイマ会は、寺子屋だね」

椅子に座り直し、実にうれしそうな顔をする魚住を前に、紀伊間も微笑む。しかし、耳は今現在の激しい雨音の奥に、十五年前のそれを聞いていた。生っ白い顔をした親子に初めて肉や野菜を届けて、あの騒ぎに出くわした。やじ馬の中にいた修に、千春のそばへ行って、お母さん早く帰ろう、と大声で言えと指図した。結果的に、警察の同情は得られたが、幼い修には酷なことをしたものだ。

雨音がさらに大きくなり、湿った空気が流れ込んだ。

入口を見ると、ドアを開けて若い女が立っていた。

「すみませんが、定休日なんですよ。雨宿りに一杯なら——」

「リカコ……」

電話中の修が、女の名を口にした。

4

エムラジオが協力してくれる旨を担任に連絡、彼が花垣公子と話し合う間に、千春は山を下りた。豪雨は休むことなく、下からも降るかのような水しぶきが上がる。行く手は数メートル先までしか見えない。ぬかるむ校庭に足を取られ、校舎にやっとの思いでたどり着いた。修が口走った女の名前と、電話の向こうの混乱など、どうでもいいことだった。

千春は、ホワイトボードに書かれていた壮太の顔写真と服装のイラストを携帯電話で撮影し、エムラジオ宛てにメールを送る準備をする。

十名ほどが引きあげてきて、この天気では自分たちの捜索はいったん打ち切るしかなさそうだ、警察にも届けが出されたことだし、などと話し合う。千春も妥当な判断だろうと思いつつ、メールを入力していると、担任が現れた。彼の表情は芳しくなく、花垣公子がうんと言わなかった、理解できない、という意味のことをこぼす。

千春はメールを打つのをやめた。

「なぜ花垣さんは」

そう言いつつ、考えられる理由を探した。コミュニティFMは、リスナーが少ない。だが、それでも人の善意によってリスナーから情報が広がり、何らかの手がかりを得られる可能性はある。なのに、首を縦に振らないのは――。

「興味本位に騒がれたくない？」

千春は、今夜の警察官の態度を思い出していた。

担任がうなずく。

「お相手に気を遣っているのかもしれませんね」

花垣公子にしてみれば、これから控えている結婚にできるだけ波風を立てたくない、というところなのだろうか。

いつも退屈している世間は、起きた事件そのものから、すぐにゴシップへと興味を移す。千春自身もあの事件のあと、修の父親は誰なのか、結婚はしなかったのか、といった質問を赤の他人からされたし、生活のために身体を売っているといった、でたらめな誹謗中傷も受けた。同情して支えてくれる人が圧倒的に多かったから、さして傷つきはしなかったものの、わずらわしかったのは事実だ。

千春はあきらめて、保護者が許可しなかったと修にメールを送信し、携帯電話を雨合羽のポケットにしまった。見捨てられたような気がした。もう一人の自分が壮太となって、雨に打たれていた。

午後十一時、関係者による捜索は打ち切られ、あとは警察に任された。

千春は大手のタクシー会社に電話して、帰りの車を頼んだ。ところが、この雨で待ち時間が三十分以上になるという。待ちます、としかたなく答えかけた時、肩を叩かれた。

「駅の方なら乗っていきなね」

裏山で一緒だった小太りな初老の男性が、マイカーで送ってくれると言う。

千春は親切に甘えることにした。男性は車に着くと、びしょびしょの雨合羽のまま運転席におさまり、千春にもかまわずに乗れと促した。自宅はJR駅の近くだが、南城小学校に通う孫と週に二回夕食をとる約束で、今日はその日だったのだそうだ。

「嫁が優しくてね。ばあさんが亡くなって、私が一人暮らしになったもんだから」

AYタクシーの運転手が成り行きで捜索に加わっていたと、どこからか聞いて知っており、なぜ自分の会社のタクシーを利用しないのかとにこやかにたずねる。自社の客の邪魔をするようで気が引けたと千春が答えると、初老の男性は声を立てて笑った。

南城大橋を行く車の流れは、法定速度をずいぶん下回っている。雨は相変わらずの降りだ。ワイパーを最速にしてもフロントガラスは滝のようで、前方が見にくい。

「ちっとさ、不思議な奥さんだいね」

初老の男性は、この地方で生まれ育ったのだろう。ぶっきらぼうな響きに温かみが滲む方言で話し続けている。奥さんというのは花垣公子であり、続きがたっぷりありそうな口調だったので、千春は黙っていた。

「私はちっちゃい頃、火事で焼け出されてね。何もかも灰になっちまった。けど、家族は全員無事。不幸中の幸いってやつだいね。親戚の結婚式から帰ってきたおふくろは、うちが焼けてるもんだから、そりゃあ、たまげてなあ。大事にしていた着物のまんま、水をかぶって火の中に飛び込んでった」

「じゃあ、お母さんに助けられて?」

「私じゃなくて、末っ子の弟がね。おふくろは、火の海から戻ってきた。引き千切れた袖と焼けただれた皮がぶらさがった腕に、しっかり弟を抱えてね。『T2』の、たくましいお母ちゃんみたいな迫力さ。『T2』って、わかるかい。ほら、シュワちゃんの」

「映画の『ターミネーター2』……ですか」

「そうそう。おふくろは、命に代えても弟を救う覚悟だったんじゃねえかな。母親っつうのはそういうもんだと、私は思ってきたが」

千春は、自分が運転する注意深さで前を見ている。先行車両のブレーキランプが光ると、右足がありもしないブレーキを踏む。ほとんど職業病だ。

「花垣さんは妊娠されているようですよ」

「みたいだいね」

花垣公子が身重で駆けずり回れないと知った上でなお、初老の男性は言っているのだった。

千春は、駅前通りにあるエムラジオ前で降ろしてくれるよう頼み、それきり黙った。反発と肯定が入りまじる。女だからと絵に描いたような母性を常に求められても、そんなわけにはいかない。だが反面、エムラジオの協力を断った花垣公子を奇妙に感じてもいた。自分が彼女の立場なら、どんな方法でも利用する。

あまりの雨に人通りが皆無になった街中で、エムラジオのガラス張りのスタジオは灯台のように明るかった。生放送中の表示がともっており、何人かの若者がヘッドホンをしてマイクに向かっている。

千春は礼を言って車を降りた。

「二分くらいのこと、気にしちゃだめだよ」

初老の男性は、最後にこう言って去った。

タクシーの二分遅れを気にするなと言ったのだ。もしかすると、花垣公子から千春が非難されたことまで知っていたのかもしれなかった。

千春は雨合羽のフードを深くかぶった。息苦しくなった。人は、どうしてこう他人のことを知っているのだろう。

——人殺しが！

芝を転がる真っ赤なビーチボールと、斎藤明夫のゆがんだ表情が、心をよぎった。ひどい雨が、それすらも一瞬で流してしまう。

エムラジオから駅前通りを外れて、一本裏手の道に入る。

信号のない十字路から何軒か右に、シャッターが下りた紀伊間酒店がある。その向こう隣にキイマの明かりが見えた。壁をくぼませて作った小さなショーウインドウ——革装の洋書と空の酒瓶を何本かディスプレイしてある——の近くに看板があるのだが、そこの照明はともっておらず、ドア脇のスリット窓だけがほのかに明るい。店は休みだが、紀伊間がいる証拠だった。

千春は腕時計に目をやった。十一時二十分過ぎ。一杯飲みたくてキイマに歩いた。出勤の八時間前には酒をやめると決めているが、まだ少し時間がある。

ドアを開けた途端、寄ったのを後悔した。

うなぎの寝床のようなバーの、奥の壁際にある階段棚の中ほどに、ロングヘアの若い女が立ち、ドスのきいた声で「恨みまーす」と中島みゆきの歌を熱唱している。ぽっちゃりした体型に、生成り色の素朴なワンピース。マイクがわりに握っているのはグラスだ。

「若いのに、どういう選曲……」

今朝自宅マンションに息子の恋人が訪ねてきたことなど、今日の千春にとっては大昔の出来事のように遠かった。そういえば、数時間前の電話で、修が女の名をつぶやいたのだった。女はかなり酔っていて、とろんとした目つきで入口を見たが、千春を認めたのかどうかは怪しい。

恨み節を捧げられている修はカウンター席に座っており、泣きと笑いがまじった顔で千春を見た。今の今まで、耳を押さえていた恰好だ。ラーメンヘアの男が、店の右奥にあるアップライトピアノで伴奏している。カウンター内に立っていた紀伊間は、さも可笑しそうに声を殺して笑い、千春に座れと合図した。手に竹鶴の一升瓶を持っている。にごり酒だ。

一杯の誘惑に負けた千春は、雨合羽を脱いでフックにかけ、修の隣に落ち着いた。いつの間にか、千春も笑みを浮かべていた。

「ばーか」

「おれは結婚する気はないって彼女に言ってから付き合い出して、一切変わってない。なのに、どうして恨まれるわけ？」

朝の誤解はとけたのかと、千春はたずねなかった。おそらく紀伊間が、千春と修が親子であると証言したはずだ。

先ほどの酒が、徳利を持てないほどの熱燗になって出た。分厚いぐい飲みで、適度に冷まして飲む。このにごり酒独特の甘みや芳ばしさが、冷えて疲れた身体をほどく。千春は酒に特別な興味はないが、紀伊間が客とぽつぽつ話すのを聞くものだから、これが酒の一般常識にとらわれない杜氏によって作られたということくらいは知っている。

「別れたの？」

修は黙っており、代わりに紀伊間が首を横に振った。千春は修に言う。

「じゃあ、どうして恨まれるのか、ずっと悩みな」

飯は食ったのか、と紀伊間が訊く。みたらし団子、と千春が答えると、どういうわけか奈良の老舗の柿の葉ずしが八個入りの箱のまま出てきた。そういえば、修は早朝から出かけていたのだった。奈良に行ったのかと千春が訊くと、修は紀伊間と声をそろえて、松本、と答える。

「何なの。わけわかんない」

「魚住の東京みやげ」

「誰」

ピアノを弾くラーメンヘアの男を、紀伊間が顎で指した。

「東京駅から新幹線に乗る前に、デパートの関西展で買ったんだとさ」

「ああ、例の経済学者さんか」

千春は、明日のキイマ会には出席しないだろうと思った。場所がバーなのに陽だまりに集まったような開放的な雰囲気が好きで、仕事帰りの半端な時間から加わって黙って聞くことが多いのだが、さすがに明日の晩は家でぐったりしているような気がした。もし壮太に関する動きがあれば、なおさら遊んではいられない。

「魚住さんはピアノも弾けるのね。ユニーク」

「だよな。さあ、早く食って帰れ。うるさいやつらがカウンターに戻って来ないうちに」

紀伊間は赤肉のメロンを一口大に手早くカットして、ガラスの器に盛って出してくれた。

「そうね。いただきます」

歌が変わった。浜崎あゆみの懐かしい曲だ。今日がとても楽しいと明日以降もそんな日々が続くと信じていた、というような歌詞で、サビの部分なら千春も歌える。

紀伊間と修はいつもよりしゃべり、そのくせ、いなくなった壮太についてはたずねない。自分がいかにひどい顔をしているかが、千春はそれでわかった。送ってくれた初老の男性も単に励ましのつもりで、二分遅れくらい気にしちゃだめだよ、と言ったのかもしれない。

疲れて余裕のない自分が、千春はいやになった。親切で送ってくれた人の名前くらい聞いておけばよかった。

「何ちゃん？」

「は？」

琥珀（こはく）色の酒を口に運ぼうとしていた修が、間抜けな返事をする。

「彼女の名前。電話でちらっと聞こえたけど、忘れちゃった」

「リカコ。梨の花に、子供の子で、梨花子」

恋人の名を説明する修の声は、なかなか甘く、あたたかい。

でも彼女は、今の修ではもの足りないらしい。

気持ちのままに恋人の自宅や職場に押しかけ、居合わせた人々を巻き込んで、修を好きだと公言できるなんて、きっと親にたっぷり愛されて、のびのび育ってきたのだろう。だとしたら、この状態は彼女にとって「普通」であり、半ばばかばかしいとも思う千春など「冷たい」と言われそうだった。千春から見たところ、修も冷たい部類なのだった。

「修！」

歌を中断して、梨花子が叫んだ。カウンターの三人は一斉に彼女を見た。魚住は頓着せず、ピアノを弾き続けている。

「あたし、決めた。産む！」

ピアノが止まった。

5

公子が自宅マンションに帰ると、保が待っていた。

「壮太くんは」

「警察に届けたの」

「そうか……部屋中を捜してみたんだが、きみのケータイは見つからなかった。バッテリー切れかな。本当に外でなくしてない？」

「朝はあったのよ」

「まあ、いい。固定電話があるんだ。壮太くんから連絡が取れないわけじゃな……おっと」

ソファにへたり込んだ公子を支えた保は、大丈夫かい、と言って寄り添い、背中をさする。しかし、どこかよそよそしかった。声の底に、公子を受け止める胸に、今朝とは違う無理がある。

公子は気付かなかったことにしようとした。でも、できなかった。瞼に浮かぶ黄色い付箋から意識をそむけても、今日一日がなかったことにならないのと同じだ。壮太の部屋は片付けたが、黄色い付箋だらけのあの光景は目に焼きついて離れない。

再婚同士。相手にいささかの不安を感じている。保には、常に壮太の存在が気がかりだったはずだ。その不安が今夜、形になってしまった。それも、親子の確執や子供がぐれるといった予期した範囲を越えている。心穏やかでいられないのが普通だと、公子は思おうとした。自分だって、保が前妻とよりを戻さないかとか、また別の女を求めないかとかいったことを、漠然とだが恐れている。そういうことと同じよ、と。だが、うまくいかなかった。

所詮、保は壮太と他人なのだ。

あの子さえいなかったら——保は一度も願わなかっただろうか。保の両親は？

公子は、保の血を引く子を宿した腹部を両手で抱きしめた。頭の中が、黄色い付箋で一杯になる。不用品に貼る正方形の黄色い付箋はみな、生き物のようにひらひらする。乾いた音が公子の中に充満する。口に出せない願いは、一人だけのものではなかったのかもしれない。願いはいくつも合わさり、膨張し、異常な力となって……だから壮太はこんなことに――。

保の携帯電話が、公子の耳元で鳴った。びくっとして公子は身体を離し、保は背広の上着の胸ポケットを急いで押さえて立ち上がる。

電話をとった保は、部屋の隅まで行って壁に向かった。

「はい。え？　ああ、はい……」

いったん帰ってらっしゃい、と女のとがめるような声が電話から漏れる。保の母だ。

「それが今、公子が帰ったところで」

保が振り返る。公子はさりげなく目をそらした。保は黙っていた。すると、公子さんも眠れないでしょうねえ、と今度は優しく、さらに大きな声が聞こえた。公子さんに代わってちょうだい、と言われた保は、しかたなくといった態度でスマホを差し出す。

「公子です。今夜は失礼いたしました」

なんていうことでしょうね、と保の母はため息まじりに言って、しっかりするのよ、と続ける。その言葉は電話の相手である公子ではなく、明らかに保を意識していた。息子を禍から引き離そうとしたことを、やり過ぎたと思ったのかもしれない。

「ご心配をおかけして、すみません」

そう感じる公子も思い浮かべるのは、伊藤家の天然石を張った邸宅であり、吹き抜けの広々としたリビング、最新式のアイランドキッチンだった。何があっても、あそこへたどり着くのよ――そう自分に言い聞かせると、混乱していた頭がすっとした。どう振るまうべきかが見えてくる。

公子はおなかの子に語りかける。

「そうね。お兄ちゃんに会いたいね」

えっ、と電話の向こうから驚く声がする。

「大丈夫よ。お兄ちゃんは必ず帰ってくる。ママが約束する」

公子は涙ぐんだ。結婚して、子供を産み、満ち足りた生活をしたい。なぜ、こんな当たり前の願いが、すんなりかなえられないのか。電話の向こうの女も、その母親も、そのまた母親も与えられた暮らしが、どうして。そう思うと、くやしくて、悲しくて、また涙があふれる。

電話の向こうから、すすり泣きが聞こえ出した。保が傍らに立って、公子の肩にそっと手を回す。無数の黄色い付箋が乾いた音を立てる。公子は目を閉じて、その音に耳を澄まし、一心に願った。お願いだから、もう邪魔しないで。

6

千春は、朝の七時までぐっすり眠った。片付けておいた流しに水の残った修のグラスがあったが、修がいつ帰ったのかも知らない。

壮太の夢すら見なかった自分に、薄情なものだとあきれた。わが子がいなくなったなら、こんなことはあり得ない。花垣公子は、身重の身体でまんじりともせず一夜を明かしたかもしれないのだった。それを思うと胸が痛む。

走れば一分の紀伊間酒店に十時に出社する修は、まだ眠っているのか、彼の部屋からは物音がしない。恋人から妊娠三か月だと言われ、眠りの浅瀬であっぷあっぷしているのだろうか。

千春は簡単な朝食をとり、修の分のゆで玉子とサラダを冷蔵庫に置いて出勤する。メモは書かない。修は何か食べるものがないかと、必ず冷蔵庫を見るのに決まっていた。

このまま行けば、修は父親になるのだし、千春は四十代半ばにして祖母になるのだった。修が梨花子と結婚するかどうかは別問題だ。だが、それについて、千春はあまり考えなかった。

心を占めていたのは、振り出しに戻った、という感覚だ。

修を宿した頃——たとえば人生で初めて産婦人科を受診した日や、おびえる小林史也を前に学食で大盛りのミートソーススパゲティを頬張った日——に、意識が帰ってしまう。どうしてなのだろう。当惑、不安、迷いまでがよみがえり、愉快とも言い難かった。

昨夜、さっさとキイマを出たのもそのせいだ。

雨はあがり、曇っていても空は明るい。

点呼、アルコールチェック、乗務員証の受け取り、車両点検、出庫。表面的には、いつものようにAYタクシーの朝は過ぎる。しかし、誰もが花垣壮太を心配し、千春ら一部は斎藤明夫がどうしているのかも気にかけていた。点呼の時に社長から、斎藤明夫が体調不良でしばらく休むと全員に向けて話があり、そのあと平さんから千春の携帯電話にメールが入った。

《午後　斎藤と高前病院。壮太は？》

平さんは、足かけ二日の一出番を二回終えて、何時間か眠ったのだろう。明日は公休を取る。老体を休める貴重な時間を、同僚のために使う気らしい。

千春は、壮太に関する朗報はないと返信した。すると、タクシー到着の二分遅れを知ってか知らずか、《壮太おかんは悪くねえからな》と返ってきた。

昼下がり、客を降ろした帰りに、長い踏切に引っかかった。

右にある小さな駅に列車が停まると、もう警報機は鳴り、この踏切は列車が通過するまで開かない。

学校がある時間だから、壮太と同じ背格好の子供を見かけはしない。それでも、紺色の服の人にどうしても目が行く。それが大人であっても関係なかった。運転中に脇見は厳禁、安全第一などと自制してきたが、それにも倦んできた。

白い四角い箱といった感じの駅舎を、千春はぼんやり眺めた。

壮太が後ろに乗っていたら、と思った。

きっと首を伸ばして、電車が停まっているホームを見たがるはず。昆虫も好きだが、電車も好きで、いつだったか、駅の近くにあるスカイホテルのロビーが最高だと言っていた。あそこからは新幹線やいろんな列車が見えるんだ、と。そのホテルは、八階がフロントで、九階から最上階までが客室などになっている。

千春は昼の休憩時間に、スカイホテルを訪ねてみた。何かひらめいたわけでもないし、徒労だろうという気がしたが、駅近くの蕎麦屋で昼食をとり、ホテルが入っているビルのエレベーターに乗った。一人きりだ。ほとんど自分を慰めるためね——金属製のドアに、のっぺりとした表情の自分が映っている。

ロビーの東側は、一面ガラス張りだ。ホームを出た上りの新幹線が間近に見える。かがんで子供の目線になると、迫力が増した。仕事でタクシーをつけるか、この逆側にあるロビーラウンジを利用するかしかなかった者には、新鮮な眺めだ。

千春はフロント係の女性に名刺を渡し、携帯電話の画像で壮太の顔写真を見せた。すると、フロント係は、ああ、と言って用件がわかった顔をした。警察が同じ写真を使ってホテルにも協力を仰いだのかもしれない。

「昨日、この子を見かけませんでしたか」

「いいえ、昨日は」

「そうですか。電車を眺めるのにここが最高だと、壮太くんが言っていたものですから」

フロント係は、ご心配ですね、失礼ですがどういったご関係ですか、と続ける。昨日予約があってキッズタクシーに乗せるはずだったが、会うことができなかったのだと、千春は答えた。

「それで、個人的に?」

「はい。ふと、ここの話を思い出しまして」

フロント係が、何か他のことに気を取られたように小首を傾げた。千春は、仕事の邪魔をして申し訳なかったと思い、そう言って帰ろうとした。その千春の言葉に、そういえばこのところナガイくんも来てないし、と彼女のつぶやきが重なった。

「ナガイくん?」

「ええ。同い年くらいの男の子で、とっても頭がいいんです。壮太くん、ナガイくんと二人が呼び合っていたので、私たちも名前を憶えていまして」

「同級生かしら」

「学校が違うみたいです。ナガイくんが来たら、壮太くんのことを聞いてみます」

頭がよくて、学校が違う、ナガイくんか——念のため、千春はたずねた。

「そのナガイくんは痩せていて、眼鏡をかけて、タブレット端末を持ってます?」

フロント係の女性が目を見開いた。

「あら、ご存じなんですね」

それでは自分が出る幕ではないといったような感じで、彼女は微笑む。

何かわかるといいですね、と励まされた千春はフロントを離れ、エレベーターに乗った。

昨日の物言いたげな永井典人を思い浮かべていた。物言いたげというか、実際、永井典人は二度も何かを言いかけた。斎藤明夫の車に気をとられなかったら、壮太につながる話を聞けたのだろうか。

今日は水曜だから、永井典人の塾への送迎があるはずだ。誰があの子を乗せるのだろう。

壮太を担当するようになってから、以前ほど永井典人を乗せていない千春は、エレベーターを降りてすぐ、携帯電話でAYタクシーに連絡をとった。

「お疲れさまです。木島です。あの――」

「木島さん!」

電話を取ったのは、社長だった。うそでしょー、と甲高い女性事務員の声が響き、事務所がいやにざわついている。千春は、ぞっとして足を止めた。

「どうかしたんですか」

「壮太くんがね」

悪い知らせか。心臓がギュッと縮む。

「無事、帰ってきたそうよ。今し方、お母さんから連絡があって」

あー、と間抜けな大声が出て、身体から力が抜けた。千春は心底ほっとして、ゆるんだ膝にがっくりと片手をついた。

往来する人が、千春を大きく避けて通り過ぎる。昼下がりの明るい街が滲む。安堵の涙は鼻の奥を伝い、水っぽい洟(はな)になった。

社長の話は続いている。花垣公子はお騒がせしましたと謝っただけで、詳細は語らなかったそうだ。母親の再婚によって、壮太も環境が大きく変わるはず。我慢も少なくないだろう。社長も同じことを思ったのか、小さくてもいろいろ大変なんでしょうね、と言ってから電話を切った。

千春の目の中に、壮太がいた。

校門を出て、ゆるい坂をだるそうに上がってくる。ランドセルを背負い、アディダスのバッグ、モスグリーンの手提げ、巾着袋といった大荷物を持って。そうして立ち止まり、めずらしくタクシーの方をじっと見たかと思うと、やがて上るのに倦んだように身体の向きを変え、坂を下り始めた。小さな後ろ姿が、遠ざかる。他に誰もいないその光景は、降り始めた雨に霞んでいった。

7

永井典人の予約はキャンセルになった。塾を休ませると母親からAYタクシーに連絡があったらしい。昨日通院したところだし、あまり体調がよくないのだろう。それで手が空いたドライバーが仕事を代わってくれるというので、千春は早めに上がった。

社長が言うほど疲れてはいない。キイマ会に顔を出そうと思ったのだ。梨花子の妊娠について、修からもう少し聴くつもりもある。今後の壮太を思うと手放しでは喜べないが、とにかく無事だったから、そんな気になった。家でしたい話でもないので、ちょうどいい。

永井典人が母親と来ることもあるが、今日はなさそうだ。斎藤明夫を捕まえた公園の隣にある科学研究所に、母親は勤務している。キイマ会では二度ほど、千春は会っていた。笑いに辛辣さをまぶした話しぶりの昆虫学者の時と、第二次大戦中を生き延びた兵士が講師の時だ。どちらも永井典人から見れば、曾祖父に当たるような高齢者だった。頭でっかちで困るんです、だから直に人の話を聞かせたくて、と母親は息子の頭を腕で抱えるようにして言った。嫌がって母親の腕を外そうとする永井典人が、とてもかわいらしく見えたものだった。

いつもの平日より、バーは混んでいる。

客は三十五、六人。カウンター席と、その後ろに小さなテーブルが三つ、もう少し大きなテーブルが奥に四つの店は、ほぼ満杯だ。

キイマ会としても盛況のようで、講師の魚住がいる奥の方に、みんなが顔を向けている。

入口寄りにいくつか空席があるが、中には荷物だけ置かれている場所もあった。もっとよく聞こえる奥の階段棚や、ソファの背もたれに浅く腰かけている人が荷物の持ち主に違いなかった。

千春はカウンターの端について、紀伊間が勧めるモヒートを選び、代金をカウンターに置いた。昨日と違って、今日はただの客だ。創業百年の食堂で四百円のソースカツ丼を平らげてきた口に、モヒートはさっぱりしておいしい。壮太が無事だったことは、修にメールをしておいたから、紀伊間にも伝わっていた。

ざっと見たところ、暗がりの席にも修の髭面はない。何人か知った顔と目が合い、千春は会釈した。ステーキハウスも営む精肉店の女性社長、造園会社の三代目、実家は金沢だという一人暮らしの会社員。こうしてあらためて見ると、六十代、四十代、二十代とキイマ会の参加者は幅広い。

「修は？」

「そこ」

紀伊間が視線を送った、カウンターの終わりの仕切り壁の向こうに、修の肩が見えた。仕切り壁はくり抜きの棚になっていて、並んだ洋書の上に、修の後頭部も見える。千春が見つめ続けると、修は根負けしたように振り返った。しかし、カウンターまではやって来ない。紀伊間は、見透かしたように微笑んだ。

「まだ彼女とはろくに話をしてないらしいぞ」

「あんなに飲んじゃって大丈夫だったのかしら、彼女」

妊娠中に、という表現を千春は省いた。隣には、クリーム色の地に朱と黒の文字のカバーがかかった、トマ・ピケティの著書の英語版を広げている人がいる。

「どうかな」

まあ、今はそれよりこれだ、とでもいうように、紀伊間はプリントの資料をくれた。トマ・ピケティ著「二十一世紀における資本」というタイトルの十枚ほどの薄い資料を、千春はパラパラとめくってみる。例によって、キイマ会の資料はカラフルな両面印刷で、老眼の人も喜ぶ大きな文字になっている。今回はデータによる実証のためか、数字が並ぶ表、百年二百年を横軸にしたグラフも少なくない。富の偏在。格差。持つ者と持たざる者。タクシーの運転手の身でも、生活の実感から、浮かび上がって見える言葉があった。

「どういうとこが面白い？」

「富の再分配かな」

「ふーん」

紀伊間の一言で、千春にとってほとんど白紙に近い分野に、道しるべが一つ立つ。経済の専門書なのに欧米では全ジャンルぶち抜きで一位になった世界的なベストセラーなんだ、と先週だったか修が言っていた。何となく国文学を専攻して中退した千春と違い、修は自宅から通える場所にある国立大学で経済や商業を結構真面目に学んだ。修にとっては楽しみなテーマなのだろうと千春は思い直し、キイマ会が終わったら修を捕まえることにして、黙ってモヒートを飲む。

会は後半に入り、質疑応答の時間になった。

いつものことだが、軽く酒が入るせいか、講師を交えたおしゃべりといった感じだ。時々彼はマルクスと同じ扱いで語られていませんか、と誰かが言えば、ピケティは共産主義に魅力は感じないと言っていますよ、と魚住が答える。いつ日本語のは出るんですかね、横文字じゃ私らはお手上げ、そうそう、先生がホントを教えているか確かめようがないよ、と渋い声と老人が交互に言うと、くすくすと賛同の笑いが起こる。眼鏡店店主の西田さんと、トンカツ屋のご隠居の幾之介さんだった。二人はいつも言いたいことをずけずけ言って、なお、笑いを取る。

ポロシャツの若い男がドアを開けたが、初めて来たのか客の多さに驚いたのか、その場で店全体を見回した。一瞬、千春と目が合った。色黒で頑丈そうな体つきの男だ。

その横を、時々見かける三十前後の女性が、ごめんなさい、と言って入って来た。明るい色合いのチュニックのたっぷりしたフリルがなびき、熱帯魚を思わせる。笑顔の美しい人だから、男たちが放っておかない。魚住があからさまにうれしそうな顔をして、席を譲る者が続出。結局、彼女は相好を崩す幾之介さんに会釈して、近くの一人がけソファに落ち着いた。その間に、ポロシャツの若い男は入口近くの空席に座った。オーダーを修が受けてキイマ会の資料を渡し、紀伊間が飲み物を作って運ぶ。色黒の彼も、キイマ会目当てだったらしい。修を相手に二、三質問し、マジで会費ゼロか、と笑みを浮かべる。ここには、いろいろな人が来る。

カウンター内に戻った紀伊間が、マナーモードにしてあった携帯電話が鳴ったらしく、千春に背を向けた。小声で二、三話してから、修と持ち場を交代して店の奥に引っ込んでゆく。

千春は母親の顔になって、修を呼んだ。ざわついた店の隅で、肝心なことを聞いておくためだ。マンションの五階から階段を駆け下りたり、深酒をしたり、あんな無茶をするとなると、妊娠そのものを疑いたくなる。

呼ばれなくても来たかもしれないようなタイミングで歩き出した修は、カウンターを端から端まで移動して、向かいに立った。

「検査、ちゃんとしたの?」

梨花子は病院で検査したのか、妊娠は本当なのかという意味は通じたようで、修は腕組みをして真面目な顔になった。

「ここでするの、その話」

「うちで二人だけより、ましかと思って」

「まあね。話し合って結論が出たら報告するよ」

「せっつく気はないけど、大事なことだから。仮に酔っぱらいのたわごとだとしても、半分はあんたに責任があるのよ。わかってるわね」

わかっただか、降参だか、修は両手を小さく肩の辺りまで上げた。それから、店の裏手の方をちらっと見た。顔つきが、いっそう深刻になっている。

「あのさ、行ってやってくれないかな」

これ以上恋人の妊娠について触れられたくなくて、母親を追い払おうとしているわけではなさそうだった。すぐに千春は席を立って、紀伊間の自宅へ向かった。何があったのか、おおよそ見当がついた。

店の裏口を出ると飛び石があり、左は紀伊間酒店の側壁、右は紀伊間が一人で寝起きしている離れ、突き当りに創業時からの古い木造二階建てがある。その木枠の引戸の前に、紀伊間の父親がだらしなく座り込んでいた。引戸のガラスは破られ、父親の右手は肘までタオルが分厚く巻かれている。血まみれだから、素手でガラスを突き破ったらしいことは見てとれた。

酔った父親を立たせようとする紀伊間を、千春は手伝う。力の抜け切った身体を支えると、汗と酒のにおいが鼻をついた。タオルを巻いた腕が紀伊間の肩に預けられており、その向こうの棕櫚（しゅろ）の木の下に、紀伊間の母親が携帯電話を握りしめて無表情に立っている。彼女の足元には、大量の酒瓶やビール缶の詰まったごみ袋が二袋転がっている。押し入れかどこかに隠してあったのを見つけたのだろう。よその店で買った酒に決まっていた。

紀伊間たちが「裏の道」と呼ぶ、つまり自宅の玄関がある側にタクシーをつけ、高前病院に運び込んだが、紀伊間の母親はついてこなかった。修を含めて、みんなが慣れていた。千春も紀伊間と交わした言葉は、市役所近くの救急病院にするか、香良須川を望む高前病院にするかだけだった。要するに、怪我の治療だけにするか、長年世話になっている病院へまた行ってみるかという話だ。紀伊間は答えのかわりに、常時用意してある入院用の荷物を持った。高前病院は総合病院だが、うつ病などの精神疾患と各種依存症の治療に力を入れている。平さんも斎藤明夫を診せに行った。

紀伊間の父親は、右手の甲から腕にかけて十二針縫い、セキュリティの厳しい専門病棟に入院となった。

アルコールのせいで小脳がやや萎縮して運動機能が怪しくなっていることや、今度酒を飲んだら日常生活には戻れないかもしれないことを担当医が根気強く説明してくれたのは、去年の秋だ。今回、担当医は夜勤で病院にいたが、言葉数は少なかった。石のように反応がなくなった紀伊間の父親に淡々と接し、紀伊間の戻れますかという問いに、私にもわかりません、と答えた。

病院を出ると、十一時半を回っていた。

キイマは十二時に閉店する。タクシーを呼んで待っても、歩いても、帰り着く時間は大方その頃になる。

紀伊間は光沢のあるグレーの短髪をガリガリと掻き、星がまばらな空を仰いだ。

「歩いて帰るか」

「うん」

紀伊間は先に歩き出し、病院前の植え込みをめぐるロータリーを突っ切る。

「酒が売るほどあるからなあ」

「そうね」

笑みを浮かべ、千春は冗談に応じる。今夜は悪かっただのありがとうだの、言い飽きた聞き飽きたセリフは、いつの間にか省略されるようになった。

川風が、道沿いの雑草を揺らす。

左手の河原は暗く、その向こうに市街地の明かりが見える。

途中の自動販売機で、千春はグレープフルーツ味のシュウェップスを二本買って、片方を紀伊間に渡した。市街地へ向かう橋に近いガソリンスタンドが見えてもまだ、二人は何も話さなかった。川風と、さわやかな苦みと甘みのシュウェップスが、病院へ行ったことを過去へと押し流してくれる。

セダンとトラックが、二人を追い越した。

「結婚するか」

構えたところのない、ごく普通の言い方だった。

今も、紀伊間はどうということもなく数歩先を歩いている。

構えたところがないからといって、思いつきでこんな台詞を言う男ではないと、千春は知っている。寝たことはないが、そういう話が出ても不思議のない間柄ではある。

千春は少し車道の方に出ていた。橋へと左折してゆくトラックのテールランプが見える。同じ方向に向かって二人は歩いているのに、その間には白線が延々続いている。

「結婚ねえ……」

何も聞こえていなさそうな紀伊間の背中を、千春は見つめた。

どうしてそういうこと言うかな——心の中で、修の口癖をまねる。

互いに避けてきたはずの結婚の二文字を、どうして今になって持ち出すのか、紀伊間の真意がわからなかった。一人に疲れた？　それとも、老後のため？　——千春は考えるのをやめた。じわりと、胸に甘くあたたかいものが広がっていた。人生で初めてしかたなしでないプロポーズをされたのだから、せめてこの気分をいつまでも覚えておくべく、よく味わっておこうと思った。

紀伊間がいったん足を止め、千春と並んで歩き出す。

「聞こえなかったのか」

「そこまで年じゃないわよ。でも、まあ……普通に考えて、若い人のほうがいいんじゃない？　男はいくつになったって子作りにトライできるんだから」

「修に、会社と財産を遺したい」

思ってもみなかった話に、千春は返す言葉が見つからなかった。

肩すかしに遭ったような気持ちが顔に出たのか、紀伊間は言い訳でもするみたいに、いや、と続ける。

「まっ、結婚は結婚だ。マンションは修たちの住まいにして、うちの離れに来ないか。そうすりゃ、万が一おれに何かあっても困らない」

「修たち?」

「ああ」

紀伊間の頭の中では、すでに修は梨花子と結婚しているらしい。

今頃になって紀伊間が結婚の話を持ち出したわけが、千春はようやく呑み込めてきた。

紀伊間は歩きながら、上半身のストレッチを始めた。陸上選手がスタートにつく直前みたいに。実際、紀伊間は中高と陸上部に所属し、中距離の選手だった。千春はその頃の紀伊間を知らないが、写真を見たことはある。

「親父の代でつぶれかかった酒屋だし、このまま行けば、おれの代で終わる。会社存続のために、修に無理させるつもりはない。でも、こういう時代だから、仕事も財産もないよりあったほうがいいだろ」

二人の間にあった白線が、橋の手前で途切れた。

五十を過ぎた紀伊間は、甘い夢を語っているのではなく、残される者のことまで考えた上でこの先の人生をどうするか選べと言っているらしかった。

「返事は急がなくていい」

「ありがとう。考えてみる」

橋の歩道に、千春は先に上がった。

Ⅲ　誤算

1

高前(たかさき)病院の西病棟五階で、千春は看護師と、衣類の入ったビニール袋を交換した。着替えを渡し、汚れ物を預かったのだ。この病棟のルールに従って、シャツや靴下にいたるまで持ち物には名前が書いてある。

持ち込み禁止の紐類や薬物などがないか、看護師がその場で荷物をあらためる間、彼の後ろにあるパステルグリーンのドアから中を見た。出入りのたびに厳重に施錠されるドアの上半分は窓になっており、普段着の患者たち——見た目は健康そうな——が廊下を行き交っていたが、紀伊間の父親の姿はなかった。今し方聞かされたように、風邪気味のため、おとなしく病室で過ごしているらしい。

ドアをくぐって面会が許されるのは、基本的に親族だけ。千春は単なるおつかいだ。

休みなので、忙しい紀伊間の代わりに来た。

あれからひと月になるのだが、プロポーズの件は二人の間で棚上げになっている。返事は急がなくていいと紀伊間が言ったにしろ、いつまでもこのままというわけにもいかない。といって、自分の気持ちも定まらずにいた。修も、梨花子の妊娠について一向に報告してこない。内心、親も親なら子も子だと思い、恋愛や結婚に向かないのは木島の血筋なのではないかとさえ感じていた。血筋というのは、どう育ったかだ。親がハンドルを握る車に、子供は容赦なく乗せられてしまう。

本館一階に戻ると、昼近いのに診察室や受付前の長椅子には多くの人がいた。土曜は午前のみの診療だが、通院患者が多い。

受付で退出手続きを済ませたところで、千春は肩を叩かれた。

後ろにいたのは、制服の平さんだった。

千春が提げている紙袋に目をやった平さんは、ご苦労さん、とにこやかに言って、禿げ上がった頭をなでた。ここで妻を看取っているのだから、紙袋から覗く名前入りの汚れ物を見れば、どこに用があったかはすぐわかる。初めて出くわしたわけでもないし、友人の父親が入院していると千春が話したこともあったから、平さんは何も訊かない。

「やつが電話で言ってたとおり、ちゃんと医者にかかってるか、見に来たのさ」

しかたなさそうな笑みを平さんは浮かべ、入口の自動ドアの外を見た。視線の先には、斎藤明夫の痩せた後ろ姿があった。向かいの調剤薬局に入ってゆく。梅雨の晴れ間の強い日差しに、溶けてしまいそうなほど頼りない。

通院していることと、すれ違ったことに、千春は安堵した。

「今、話しました？」

「やめといた。制服だしな」

結局退職せざるを得なかった斎藤明夫を、平さんは気遣った。休憩に付き合うように言って、千春を近くのカフェに誘う。

正午だったが、案外空いていて、客は数人だけだ。

川の方に向かってテラスがあり、三つほど赤いパラソルが出ている。そのうちの、大きな木陰にある左端のテーブルを選んだ。病院とはアカシヤの林を隔てた場所だ。平さんは、病院に背を向けて座った。

平さんお勧めの、湯葉をトッピングしたカレーのランチセットを頼む。カレーは辛いが、とろとろの湯葉がマイルドにしてくれる。

「おいしい」

「だろ。うちのが好きなんだ」

妻について、平さんは過去形を使わない。

平さんの妻は物静かな人で、あなた、と平さんを呼んだ。千春は見舞ったことがあり、あんまり仲がよくて当てられた覚えがある。こんなふうに人生を豊かにする結婚もあるのだ。紀伊間を平さんに、自分を平さんの妻に重ねてみるが、水のグラスの光のようにあやふやで形にならない。

今年の梅雨は大雨が多く、こうして晴れた今日も蒸し暑い。それでも風はあり、アップにしている千春の髪の先や、アカシヤの葉を揺らしている。いつの間にか、店は客でほぼ一杯になっていた。

日替わりだというデザートが、今日はアイスクリーム。よく冷えた脚付きの金属の器に盛り付けた懐かしいスタイルで、シンプルな人がたのクッキーが添えられている。

平さんは、そのクッキーを持って小首を傾げた。

「どこからいけば、いいのかね」

かわいらしさに困り、ついに腰の辺りで折って上半身を口に入れた。千春はクッキーのにっこりした顔に、壮太を思った。今日、あの子は笑っているだろうか。

「だーれも見てないってな。あれ以来、悪ガキ壮太の顔を」

千春の心を見透かしたように、平さんが言った。

「みたいですね」

「実の父親が連れてったって、ほんとかい?」

「どうなんでしょう」

人の話によれば、壮太はクラスに挨拶もなく転校し、花垣公子は再婚して転居したそうだ。平さんが言うように、壮太が実父に連れていかれたという話もあるが、そうだとすればオーストラリアにいるのだろうか。AYタクシーでは、母親からの申し出により、壮太が六月半ばにキッズタクシーの会員をやめたことのみ、はっきりしている。

警察と学校も職務上、壮太の無事や居所は確かめたはずだから、このそこはかとなく残る釈然としない感じは、花垣公子の口の重さや態度がもとと言えそうだった。

「しかも、だんだん怪談めいてきた。運転手さん知ってる、なんて、この間も訊かれたよ。南城小学校の子がいなくなって、それっきりだっていうじゃない、なんてさ」

「こう蒸し暑いと、怪談も盛り上がりますね」

キッズタクシーを利用する子供の間でも、壮太の一件は現代の神隠し的な話となって流行っている。この頃は携帯電話などを使う子が増え、そうしたツールを通じて、作り話が尾ひれをつけては流布するらしかった。

中には、すごい尾ひれがある。実は、壮太が殺されて、南城小学校に幽霊となって出るというのだ。殺した犯人は、二パターン。一方は、AYタクシーの女性運転手。もう一方は、再婚を控えていた母親。タクシーで遠距離通学する児童たちがしていた話を、千春は同僚経由で耳にした。その場では笑ったが、とても人に話す気にはなれない。

平さんは知ってか知らずか、その話はしなかった。

羽虫が耳をかすめる。こそばゆくなった耳を千春が掻くと、どうも猫みてーだね、と平さんは笑い、

「いいことがあるぞ」

と、断定的に言う。

「ほんとですか？」

こんなふうなやりとりを、これまでも何回かした。

耳がかゆいといいことがあるなんて、平さんからしか、千春は聞いたことがない。

2

県北のその家は、十五年の年月を経ても、不思議なほど変わっていなかった。

薄い屋根の二間ほどだろう平屋。サッシの二枚戸の玄関と掃出し窓。ガラスは埃で曇っている。表札があるのに人の気配がないことまで、住人がいたあの頃と同じだった。

小学校やバス停がある県道から一筋隔てた場所で、前は土の道。周囲は広い畑。以前訪れた時は、作物が少ない冬場だった。山から吹きおろす強風で、ひどい土埃が舞っていた。

紀伊間は、首筋に流れる汗を手で拭う。

昼下がり。雲は多いが、日差しが強く、気の利いた日陰もない。

千春に忙しいと言ったのは、方便であり、本当でもあった。病院へ寄るくらいの時間は作れたが、その時間までかき集めてここへ来たかったのだ。手の中には、昨日もらった、気になる名刺がある。先月キイマ会に初めて参加したという客が、昨夜も飲みに来て置いていったのだ。修と同年代で、日に焼けた快活な男だった。

《おじさんは見かけませんでした。風邪気味で安静にしていたみたい。洗濯物はおばさんに届けました。笹屋のいなり寿司も。食欲ないみたいだったけど、二つ食べられたからご安心を》

千春からのメールを読んだ紀伊間は、畑から引きあげてくる老夫婦に会釈した。話を聞こうと目をつけて待っていたら、相手は並んで立ち止まった。

「誰もおらんよ」

麦わら帽子の老人が言い、広いつばが肩まで垂れる小花模様の帽子と、共布の腕カバーをつけた妻がうなずく。

「家主なら、真ん前のこの家だが」

二人ともにこやかだが、目が笑っていない。

「いえ。若原くんが造園業を始めたと人伝に聞いて、訪ねてみたんですが」

先生かね、との問いかけに、古い知り合いです、と紀伊間は答え、名刺にある名を口にしてみた。

「今、大吾（だいご）くんは？」

老人は、妻と視線を交わした。まるで連れ合いに許可を得るかのように。

「場所はよく知らないが、もっと下の、渋川の方だよ。確か『草むしり屋』といったな。造園業というほどでもないが、それこそ草むしりや剪定（せんてい）なんかを一生懸命やってるらしい」

いい子になったの、と妻が初めて口を開いた。

父親と違ってまともに育った。あるいは、悪かったが更生した。どちらの意味にも取れる。いずれにしろ好意的な口ぶりで、老夫婦は去っていった。

紀伊間は、例の名刺をあらためて見てみる。

「有限会社草むしり屋　代表取締役　若原大吾……か」

キイマに現れた若原が、若原映二の息子であることは間違いない。

今頃、キイマ裏の自宅との間の庭をきれいにしているはずだ。

どんな仕事をしているのか聞き、それじゃあ、と気軽に庭の手入れを頼んでから、この名刺をもらったのだった。

「まいったな」

十五年前、新聞に「木島千春」と「若原映二」という名は載った。

千春が母子家庭であること、殺された若原映二には妻と小学生の息子がいたことも報道されている。酒浸り、借金、暴力、窃盗と、生前の若原映二の生活はすさんでおり、妻子に同情を覚える報道内容だった。

紀伊間は、昨夜と、魚住が講師を務めた六月のキイマ会について振り返った。

若原の前で、修や千春を姓で呼んだ者は、おそらくまだいない。

3

酒屋の方から数歩庭に出た修は、飛び石を踏んだところで踵(きびす)を返し、事務所の冷蔵庫まで往復してサイダーを持ってきた。庭といっても、キイマ裏の猫の額ほどと、二階屋に面した約六坪を、紀伊間が暮らす離れ脇の飛び石がつなぐ、変形コの字の狭い空間だ。

「お疲れ。休まないか」

王冠付きのちょっとレトロな瓶二本と、栓抜きを修は掲げる。

昨夜も飲みに来た男がキイマ裏にいて、抜いた草や切った枝の山の手前で振り返り、にかっと笑った。顔が日に焼けてまっ黒だから、歯がやたらと白く見える。

うちの草取りを彼に頼んだところだよ、と昨夜バーのカウンターで紀伊間から、修は聞かされていた。

二階屋の方へ移動して木陰の石に座る。外の水道で手を洗う男を待ってから、膝の上で栓を抜いた。シュポッ、ジュワジュワ。シュポッ、ジュジュワー。汗をかいた瓶の中に、涼しそうな泡がキラキラと湧きあがる。

地べたに胡坐（あぐら）をかいた男は、栓が抜かれるのを子供みたいに間近に見て、うれしそうにしている。

「いただきます」

喉を鳴らして半分ほど飲み、

「辛くてうまい！　何ですか、これ」

と言ってから、自分の手元をじっと見た。ラムネの瓶に似た色合いのガラスには、絵本に出てきそうなキリンが白い線で描いてある。

「三ツ矢じゃなくて、キリン……サイダー？」

修は声を立てて笑った。面白い男だな、とあらためて思った。

「森サイダー。森は、木の下に林って書くだろ。で、木（き）、林（りん）。天然の炭酸水に少し手を加えて作られてる。西のちっちゃい工場で」

「紀伊間酒店で売ってるんですか」

「取り寄せたのさ。おれの趣味」

にやっとした男は、マジうまい、と感想を付け加える。

「紀伊間さんとシュウさんは、兄弟？」

「違うよ。おれが小さい頃から知り合いだけど。なんで？」

「雰囲気、似てるから」

そう言われて、修は悪い気がしなかった。口まわりの短い髭を掻く。

「あのさ。おれ、まだ二十五なんだけど」

目をむいた相手がそれなりに納得するまで待つ。高校以来、慣れている。

「同い年……？」

「へえ、同い年なんだ」

「平井堅似とか言われね？」

修は、呆れ顔のみ返しておく。

「落ち着いてるっていうか、なんつーか……三十五、六かと思った」

「だろうな。高校時代にジャージ着てると、教師に間違われたもん」

くくっと笑い出した男が震える声で、シュウって呼んでいいか、と訊く。

「いいよ。修学旅行の、修だ。そっちは」

「大吾。ビッグな吾」

スマホを事務所に置いてきた修は、電話番号を口で言って教えた。それを携帯電話に打ち込んでワンコールしながらひとしきり笑った大吾は、サイダーを飲み干し、ごちそうさま、と礼を言って仕事に戻ってゆく。

「髭、剃ったほうがよくね？」

まだ声が笑っている。

「悩んでねーよ」

修も、ゆるんだ口元がおさまらない。

酒屋に戻ると、梨花子が日本酒の冷蔵庫の前に立っていた。シュシュで束ねた黒髪、花柄のワンピースという恰好は、土間の酒屋では浮いている。車で十分ほどの場所にある、実家兼美容院を抜け出して来たらしい。

「土曜なのに忙しくないのか」

「今日はお姉さんがいるから」

「そっか」

梨花子の姉は結婚して実家の近所に住み、子育てに支障のない範囲で仕事を続けている。いずれ梨花子も似たような生活になるせいか、この頃は姉の都合を優先する母親にぶつぶつ言わなくなった。女三人のにぎやかな美容院は、修が納品するレストランの真向かいにある。

「暑いな」

「ほんと、蒸すわね」

答えがわかっているようなことばっかり訊いて何なんだろ、と修は自分でも思うが、こんな間抜けな台詞しか浮かばなかった。酒屋の制服である黒いエプロンの、外して垂らしておいた胸当てを元に戻した。黒地に白い筆字で縦にでかく染め抜かれた「紀伊間酒店」を見せればオン、休憩は終わり。そんな個人的なルールを知っている梨花子は、邪魔にならないレジの方へ移動する。修はレジ脇に置いてあった注文書を持ち、コンテナをセットした台車に商品を載せてゆく。数軒向こうの飲み屋に納品するためだ。

「静かね。誰もいないの?」

奥で固定電話が鳴り、紀伊間の母親が出た声がした。修は答える必要がなくなった。

先月の十日に、ジッパー付きビニール袋に入った、使用済み妊娠検査キットを見せられた。説明書にあるとおり、陽性反応を示していた。コンドームに穴が開いていたとしか思えなかったが、事実を受け入れるしかない。籍を入れず、現状の関係のままで父親になりたい。一度そう本音を言ったら、狂ったように泣かれた。話し合った末、結婚すると決めた。だが、千春と紀伊間にまだ報告していない。

「何?」

声が少しいらついた。冷蔵庫に首を突っ込んで、純米吟醸酒を二本取り出す。

「何って、顔を見に来ちゃいけない?」

梨花子が明るく答える。その明るさが好きなはずなのに、正直、今は息苦しい。

「そんなこと言ってたら生きていけないわよ」

梨花子はこの頃、心身ともに落ち着いたのか、少し太った。腹が目立つわけではないが、おなかの子も育っているのだろう。小さな命に心を向けると途端に、修は気持ちがやわらかくなる。考えてみれば、これまで通院に付き添ったことがなかった。

「今度、病院まで送り迎えするよ」

「えっ?」

目を見開いた梨花子は、忙しいんだからいいわよ、と言い、物音がした引戸の方に目を転じた。ごみ袋を二つ提げて入って来た大吾に会釈する。

大吾は、焼酎を何本か抱えた修をちらっと見て口角を引き上げたが、余計なことは言わなかった。酒屋の裏手の駐車場に向かって、土間の長い通路を引きあげてゆく。

「植木屋さんを頼むなんて、余裕あるのね」

梨花子が店内を見回す。商店街の多くの店がそうであるように、昔ながらの姿を残した地味な店舗だけでは、経営状態が良好かどうかなんてわからない。

「テストみたいなもんだよ」

「テスト? 植木屋さんを?」

「一人社長なんだ。あの仕事ぶりなら、紀伊間……社長も気に入って、他の仕事を紹介すると思う」

最初見た時、誰がいなくても大吾はきびきびと働いていたし、てきとうにむしり取ってほったらかしてあった雑草の根まで掘り起こした形跡があった。

「かっこいい。気に入った若者を育てるなんて」

「社長の趣味みたいなもんさ」

修は、紀伊間を幼い頃から「紀伊間」と呼ぶ。気分としてはひらがなで「きーま」。それは今でも変わらない。他人の前では「社長」か「紀伊間さん」。相対する時でも、個人的な話かそうでないか、区別をつけるために使い分ける。さっきは言い間違ったが、梨花子の前では社長と呼ぶことに決めている。以前、ぽろっと「紀伊間がさ」と言ったら、梨花子がまねて「紀伊間って人使い荒くない？」と言ったからだ。

「じゃ、帰る」

そう言われて、急に梨花子が愛おしくなる。本当に顔を見ただけで満足して帰ってゆくのだ。内心こんなにいらついている男の顔を。

「車は？」

「そこのデパートの地下駐。夕食の買い物したの。運転、気をつけてね」

修は買い物かごに乾きものを詰めながら、台車を足で差した。

「今日の配達はこれで終わり。自分こそ気をつけろよ。二人なんだから」

「ラジャー」

梨花子は気をつけの姿勢をとり、額にピンと伸ばした右手を当てて敬礼した。ワンピースの裾を揺らして出てゆく。

彼女の家族は、承知したという意味でこの言葉を頻繁に使う。アニメ好きの母親の影響だ。ラジャーが飛び交う「科学忍者隊ガッチャマン」を、修はホテルで抱き合った後に見せられた。よく知らないって言ってたから借りてきた、お父さんも好きだった回なの、と言って、梨花子はDVDを再生した。その時、別れたほうがいいのかもしれない、と感じた。梨花子は死別した父親を慕っていたし、結婚という制度を体験から信頼していた。口では結婚なんてと言っていても、態度は逆だった。

あれは真冬のことだ。ホテルのソファには、二人のダウンジャケットがかかっていた。

4

伊藤家と古くからの付き合いがある人々が、夕食に集まった。午後五時。土曜だからと早めになったのだが、外はまだ昼間のように明るい。

姑が先生と慕う華道家。舅の遠縁にあたる元代議士。家族ぐるみの付き合いである医師とその妻。保の友人である県議。年齢と人間関係の序列によってそんなふうに上座からつき、その向かいに並ぶ家族の末席に公子はいる。引っ越してきてから連日そうであるように、みな初めて会う人たち——本当を言えば、県議には一度ホステスとして会っているのだが、源氏名を名乗るわけではないし、髪の色形、化粧、服装がまったく違うのでわかりはしない——だが、堅苦しい挨拶は最初だけだった。

出前の鮨、取り寄せのローストビーフ。お持たせのシャンパン、ワイン、マンゴー、わらび餅。あとはオードブルとサラダ、煮物を添えた程度だが、華やかな食卓になった。六メートルの吹き抜けの広いリビングに、笑いが響く。ダイニングテーブルはこのために今夜、木の下に移動した。リビングの床を抜いて土を入れた、坪庭のような緑から大きく伸びるシマトリネコの下に。

さながらガーデンパーティーだが、蚊や蛾に襲われずに済む。

また床を張ってしまうかもしれないわ、と姑が客に改装をほのめかした。公子は微笑みながらも、室内空間を贅沢に演出してくれるこの草木は残したい、それには保を味方につけて、などと密かに策を練る。

昔話、友人知人の近況、仕事がらみの内輪話を肴に、気の置けない宴は進み、一段落したところで男女に分かれた。男たちはソファで酒の続きを、器を下げた女たちはキッチンの小さなテーブルに集まって吉野葛の干菓子をつまみ、熱い番茶を啜る。

姑が公子に華道を勧める。公子は、御茶や御花の類は習ったことがなかった。

喜寿を迎えた華道家が、バケツに浸された草花をキッチンの片隅に目ざとく見つけた。

「トミコさん、手始めに活けてごらんなさいな」

公子です、と姑が訂正し、華道家が何回目かの呼び間違いを年のせいにすると、くすくすと笑いが起こった。公子も口角を引き上げる。バケツの草花は庭のもの。庭師がここでの仕事終わりに置いていった。姑が床の間に飾るつもりでいた。

無理です、と公子はにこやかに断ったが、華道家が許してくれない。姑も大乗り気で花器やハサミを用意する。しかたなく公子はアイランド型のほうのシンク脇に移り、椅子に一人腰かけ、花を活け始めた。

旧知の三人となった女たちは、話題に気を遣う必要がなくなり、一段とくつろいでおしゃべりを楽しんでいる。

おなかの子は、男の子とわかった。跡継ぎを宿していても、まだまだよそ者なのだと感じつつ、公子は記憶の中にある生け花を捜す。店や旅館、雑誌、あるいはこの家で目にしてきた美しい形を。見えてきたのは、すっと高く伸びる枝、その足元に緑、さらに低く大ぶりの花一輪。できる、と思う。半分は、自己暗示にかけるみたいに。すると力が湧く。枝に入れるハサミに勢いがつく。思い切りがいいわね、と華道家が遠くから言ったが、それ以降、おしゃべりは公子の耳には聞こえなくなった。

これまでの長い道のりを、公子は思い出していた。東京で暮らすようになった大学一年の春から、働かなかった年はない。留学して、最初の結婚をした頃でさえ。帰国してからは、酒に強くもないのに、飲めと言われれば陰で吐いてでも飲んで店の売り上げを伸ばした。金型の専門用語が飛び交う通訳にひるんでいたら、こんな日はこなかった。公子は思う。どうしても働きたい女なんて、世の中にいったい何人いるのだろうか、と。

活け終わった花を眺め、集中をほどく。

弓なりにしなった青い楓を高く、その下の空間に短く蕗の葉を三枚、広い水面近くに黒くさえ見える臙脂(えんじ)色の紫陽花。楓の葉は、上だけ残した。

評価の心配より、案外楽しかったという思いのほうが強かった。

「切り過ぎちゃったかしら」

公子のつぶやきを合図に、三人が寄ってきた。花を見て、束の間、沈黙する。

素敵、と医師の妻が言い、本当に初めてなの、と姑がいぶかった。

「公子さん、今度うちに遊びにいらっしゃい」

蕗の葉の向きを少し直した華道家の手が、公子の肩に優しく置かれた。

「あら、先生、私たちはお招きくださらないの?」

若干嫉妬の混じった声で姑が言い、医師の妻と腕を組む。弾けるような笑いが起こり、公子を包む。こうして一つ一つ——公子は微笑み、自分に言い聞かせる。

壮太は、シドニーにいる父親に引き取られた。壮太がいなくなった翌日、前夫と連絡が取れ、二人が一緒にいたと初めて知った。

そう説明をすると、保、舅、姑は納得した。実家の両親でさえ。一目でも会いたかった、どうしても会いたい、と願った者はいない。それが一番だと、誰もが判で押したように言った。

公子の携帯電話が鳴った。席を外して電話を取る。公子が会社で英会話を教えている社員の一人からで、タイ工場での打ち合わせがうまくいったという礼だった。公子さんはセンスいいわ、と華道家のほがらかな声がキッチンから漏れ聞こえる。明日から東北へ出張する保のために荷造りをしたり、礼状など数通を書いたりと、今夜は遅くまでかかりそうだ。不動産賃貸業、建設、金型部品製造の多角経営で成り立つ株式会社イトウは、社長の妻であっても暇とは言えない。

電話を終えた公子は、ついでにメールをチェックした。南城小学校の父兄の一人が、また例の噂について事細かく知らせてきた。反論するためにアクセスすべきところまで。さも親切そうに。先週末からこれで三人目だ。同一グループだった彼女たちを思い浮かべ、反応を楽しもうという魂胆だろうと公子は確信した。もちろん返信などしない。

いよいよ携帯電話を番号、機種ともに変えようと思った。このひと月は結婚、引っ越しとあわただしく、つい後回しになっていた。

この携帯電話がマンションのメールボックス内の上面にガムテープで張り付けてあっ

たのを見つけたのは、保だった。あの土砂降りの日の翌朝のことだ。保は、壮太について手紙なりメモなりの報せでもあるかと思って、前日も開けたのに気が付かなかったと言った。私も、と公子は答えた。

あの時のガムテープの跡が今もスマホの裏面にかすかに残っており、忘れていても時々手にねばつく。

5

病院へ行ってもらったから一杯ごちそうするよ、とメールが来た。キイマはふらっと行く場所であって、紀伊間に来いと誘われるのは稀だ。

いよいよ結婚の件だろうと思い、マンションを出るには出たが、千春は遠回りした。八時になるのに、深い青色をした空は薄明るい。連日の雨に磨かれて、街灯やビルまで光って見える。土曜の夜を、髪をなびかせて歩く女の子や、自転車で疾走するジャージ姿の男子高生がまぶしい。野生動物のように、しなやかで生き生きしている。修にも、ああいう時期があった。まだ報告はないが、あの子が父親になるというなら、自分は修を産み育て、生き物としては役目を終える時期に来たと言えそうだった。

以前、キイマ会で聞いた。赤ん坊がかわいいのは、その魅力で周囲を引きつけ、育ててもらうため。老人は子供のようになってゆくが、外見は愛らしいとは言い難く、それは生物として手をかけなくていい存在だからだ。親が思うほど、子が親を思わないのはそのせいではないか、と。老いた生物学者の話は、会場の笑いと一緒に、記憶に残っている。

修たちの養分になりたい。結婚の結果、遺すものが増えるなら、なおいい。相手は紀伊間だ。これまでそうしてきたように、いろいろ分かち合い、協力して生きてゆける。ときめきや情熱とはほど遠いところがまた、自分にふさわしい結婚だとも思う。なのに、結婚しないかと言った紀伊間にうなずこうとすると、ためらってしまう。

「夢占い」という看板の前で、千春は立ち止まった。テナントの出入りの激しい、狭い貸し店舗が軒を連ねる一角だ。

壁から突き出た小さな看板は、縁取りの電飾が光り、いかにも安っぽい。だが、今朝も見た夢を呼び起こすには充分だった。小林史也に学食で出会い、次にはファミレスで会い、土砂降りの中で見知らぬ男に鉄筋を振り下ろす。あれは夢というより、過去。眠りながら、過去の事実を幾度となくなぞっている。そうして汗だくで目覚めると、いつもの朝だ。食べ物があり、家計の心配はなく、修の気配が満ちている。こういう未来があった、と今知ったみたいに胸がいっぱいになり、涙が出そうになった日もあった。

十五年も前のことを、今になってどうして、繰り返し夢に見るのだろう——。

「キイマかね？」

首をねじって振り向くと、後ろにトンカツ屋のご隠居の幾之介さんが立っていた。涼しそうなシャツの胸元を、扇子でせわしなく仰ぐ。枝ぶりのいい松が描かれた扇子から、上品な香りがする。

「はい。幾之介さんもですか」

千春が言い終わらないうちに、行こう行こう、と幾之介さんは先に歩き出してしまった。千春は追いかけるようにしてついてゆく。幾之介さんはせっかちだが、盆栽を楓や松の種から育てて楽しむ、妙に気の長いところもある。住まいでもある「かつ栄」は駅前通りの南側でまったく逆の場所だから、どこかへ出かけた帰りらしかった。

「八田のところへ行ってきた」

「市議の」

「そう」

八田市議は五十前後。親の財産と人脈がなければ当選するはずがなかった、あれじゃ普通の会社員も勤まらないと陰で揶揄される、いわゆる坊ちゃんだ。幾之介さんからすれば旧友である人の三男。父親のほうなら、八田くん、と幾之介さんは呼ぶ。

「子供が行方不明になった時にも、あんしんほっとめーるで情報をすぐ流せるように、条例なり何なり整備してちょうだいよ、とね」

千春は扇子の風が当たるところまで出て、ありがとうございます、と頭を下げた。背が千春より小さいのに、幾之介さんは常に大きく見える。骨格が太く、贅肉の少ないがっちりとした体つきは、幾之介さんの内面そのものといった感じだ。

「先月は、無事だったからよかったですけど」

「だよねえ。もう八田のところには四回目」

「四回目？」

壮太がいなくなった日から、約ひと月。週一回でも、毎週通った計算になる。

「あと和田さん、新町さん、宮本さんのところも」

他の市議の名も出た。

「八田さんのところと同じペースで？」

「まあね。他の知り合いにも声かけて、何人かでバラバラに行ったり、電話したりしてみた。声をかけたわけじゃないが、眼鏡屋の西田さんも出かけたようだ。議員たちも、やっと腰を上げるらしい。うるさくてかなわんからだろうな」

楽しくてしかたないといった様子で、幾之介さんはうなずく。

「これからますます、うるさくて、いやなじじいになろうと思ってね」

千春は笑うしかなくなった。

「八田を悪く言う人は多いがね、あれだって選挙に受かったんだ。八田に一票を投じたにしろそうでないにしろ、たとえ投票に行かなかったにしてもだよ、私たちには八田を働かせる責任がある」

幾之介さんの横顔が厳しくなった。

「八田も学べばいいが」

以前本人が言っていたのだが、幾之介さんは若い頃、その日の売り上げをつかんでは繁華街へ走った。女のところに入り浸って帰らなかった時期もある。大学に進学したかったのだが、家の事情でそれができず、鬱積した不満が爆発したらしい。勉強なんて一生できるのに馬鹿だねえ、と微笑み、最後にこう言った。

——酒、女、博打。いろいろやったがつまらんね。飽きちゃって。その点、勉強はいい。面白くてかなわんよ。

6

キイマは、土曜ということもあって、半分以上席が埋まっていた。

紀伊間と修はカウンター内にいた。ロングカクテルやグラスの生ビールを出しては小銭を受け取って、忙しそうだ。

「いらっしゃいませ」

男二人がぱっと顔を上げて、にこやかに、しかし静かに出迎える。千春は、修幾之介さんは、甘めの芋焼酎をロックで、と注文して奥の隅におさまる。

に勧められた入口近くではなく、奥側のカウンター席についた。

本棚になっている仕切り壁に千春が寄りかかると、斜め前にいた紀伊間がアイスピックで手の上の氷を砕きながら、視線を合わせて物言いたそうにした。紀伊間の前には、瓶入りの炭酸水や何種類かのグラスが並んでいる。

「さっぱりしたのを、おまかせで――」

右横から、ぬっと白い紙が出てきた。千春が驚いて身体を引くと、隣の男がチラシのようなものを差し出してにこにこする。足元には書類鞄、カウンターには小型のノートパソコン、白いシャツと黒っぽいパンツのビジネススタイルだが、普通の会社員ではなさそうだ。年齢は三十代から四十代といったところで、はっきりしない。

「先月のキイマ会の補足資料です」

男が示す紙は、A3の二つ折り。自分で作ったのだろう。新聞並みの文字がびっしりと並び、彼の指が邪魔でも「エコノミスト魚住氏の嘘」「暴く」といった見出しは読める。補足資料などと言って、個人攻撃のビラを配っているらしい。

確か桜の頃、そのうちキイマ会に魚住が来てくれそうだ、と紀伊間がうれしそうにして、やつはデータに裏付けされた事実を述べるから冷遇されるんだ、とそれが半ば友人の勲章のように言っていた。魚住という学者には、公の場であれ、地方の街であれ、敵が多いらしい。

そんなことを思い出していた千春に、紀伊間、修、他の客たちから同情と心配の視線がたっぷり注がれたが、隣の男はまったく意に介さない。そもそも周囲など目に入らないのかもしれなかった。

男が持っているビラを、千春はそっと押し返した。

「私には難しそうだから」

男はそれでも、遠慮なさらずどうぞ、と言ってめげない。婉曲な断りなど聞く耳は持たないのだ。と、男の向こう側の黒いブラウスの女が、自分の前に置いてあったビラを男に差し出した。

「私も読んだから」

読んだから返すという意味らしい。

すると今度は、あちこちから、ビラが集まって来た。教室の一番後ろから順繰りに手渡しでテストの解答用紙を回収するみたいに。あるいは、席を立って直接持ってくる者もいる。男のノートパソコンの横にはビラが結構な厚みでたまり、黒いブラウスの女がそれをカウンターにトントンと当てて、丁寧にそろえた。きちんと整ったビラを返された男はさすがに戸惑った様子を見せ、バーから立ち去る。

出てゆく男に、ありがとうございました、と声をかけた修は、千春を見てにやりとする。千春が目を移すと、黒いブラウスの女と視線が合ったが、それだけ。彼女はモノクロームの写真集をめくり、タンブラーの縁にオレンジが飾られた赤いカクテルを飲む。店は何事もなかったように、穏やかな話し声や氷の涼やかな音で満ちてゆく。

紀伊間が、カクテルを出してくれた。シャンパングラスのそれは薄緑色に澄み、微炭酸で、マスカットのさわやかな味がする。千春が何か言う間もなく、紀伊間は次々入ってくるオーダーに応えなければならなくなった。

家と職場の間にキイマがあってよかったと、千春はあらためて思う。

ここには、学びたいと思う、やわらかい大人たちがやって来る。豊かな時間を、一杯の飲み物のように人生の一日に加えるために。だから、人に邪魔されたくないし、人の邪魔をしたくもない。そんな気持ちなのかもしれない。成り行きでここの客となった千春も、このやわらかい大人たちから少なからず影響を受けてきたし、キイマを作り育ててきた紀伊間という人間を尊敬せずにはいられない。こう思うのは自分だけではないような気がした。紀伊間を知っている贔屓目からだろうか。

昔、紀伊間酒店の隣、つまりこのバーの並びには客席十五の小さなパスタ専門店があって、そこで働いていた時に、たまに修を連れて行くと、常連だった紀伊間が修の相手をしてくれた。カウンター席に並んで座り、たらこ納豆スパゲティを食べたり、昆虫図鑑を広げたり。修の食べる分はオーナーシェフのごちそうや千春が支払う場合より、紀伊間が頼んだ超大盛りを取り分ける場合が多かった。修はなついて、きーま、と呼んだ。甘えた声で呼ぶので、どうしてもひらがな、長音付きの響きなのだ。千春がいくら、失礼でしょう、紀伊間さんと言いなさい、と注意しても、修はあっかんべー。そのやりとりは笑いを誘い、修が楽しそうなものだから、千春もわざと何回か言ってみたところがあった。結局は紀伊間、千春、修と呼び合うことになったけれど。当時の楽しかった思い出なんてほとんどないが、あの店の光景だけは心にいつも灯をともしてくれた。それは、今も変わらない。

あの事件の夜から、紀伊間は警察や千春のアパートを行き来して、修を守り、オーナーシェフと話し合って今後どうするか具体的に策を練った。道は何とおりもある。よく考えて選ぶんだ。修は母親についていくしかないんだぞ——千春を叱咤し、しかし、千春の意向を引き出して、今のマンションへ引っ越して学校と住環境を変え、続けられる仕事は継続できるよう取り計らってくれた。あれは下心ではなく、人間としての無償の愛情だった。

オーナーシェフが亡くなって、もう久しい。

カクテルを飲み干した千春は、ごちそうさまを言って、早々にキイマをあとにした。

今夜、結婚の返事はできそうになかった。紀伊間が与えてくれたものの大きさと、それが当たり前になっていたことに、少し怖くなっていた。

7

七時三十五分、修が眠る部屋を通り過ぎ、千春は静かに出勤した。

曇天から、薄日が差している。天気予報によれば、昼前には降り出すらしい。十分早く出たのは、AYタクシーに向かう途中にある賃貸マンションを見ておこうと思ったからだ。四十平米弱の1DKで、家賃は月四万八千円。築年数は経っているものの、実際見てみると改装してあるらしく、印象は明るい。七階建て全二十一戸のうち、三階の東南角部屋がよさそうだが、他にも同じ間取りの空きが二戸ある。もちろん、エレベーターはついている。通りから引っ込んだ住宅地だから静かで、隣接する大型マンションの広い緑地に面し、目当ての部屋の窓辺にはその木々が揺れていた。

修を独立させたいと駅近の賃貸物件を探し始め、それはいつしか半ば趣味のようになり、この二、三週間は自分が住めそうな部屋探しに変わっていた。もっとも、こうして足を運んだのは初めてだ。

昨夜、キイマから帰って一時間ほどして、修からメールを受け取った。

《梨花子と結婚する。詳細は未定。出産予定日は来年一月。》

浮き浮きした気分が皆無のメールに、千春は心配になった。結婚はいいものだと示せなかった親の人生が、自分へ、さらに修へと影を落としているようでならなかった。

《おめでとう、でいいのよね？》

うわべだけのお祝いを言いたくなかったから、そう返信した。人生はどんな時でも、複数の道がある。

《たぶん。やっぱ、おふくろだね。》

《じゃ、おめでとう。》

《サンキュ。近いうちに、梨花子をうちに連れて行く。あらためて紹介する(^_^;)》

《わかった。紀伊間に結婚の報告をした？》

《店閉めたら言うよ。呼ばれた。仕事に戻る。》

キイマの閉店は十二時。千春は起きて待っていたかったのだが、睡眠不足は仕事の大敵なので自重した。修が帰った物音に気付いたのは、深い眠りの中だった。一時にベッドサイドの明かりを切ったから、三時頃だったのかもしれない。修はだいぶ酔っていたらしく、スニーカーがめずらしく脱ぎ散らかしてあった。

千春は、見に寄ったマンションから自転車を再び漕ぎ出した。

今後について、何パターンか考えていた。

子育てにエレベーターなしの五階はきついから、修は引っ越す可能性が高い。逆に、修が現在のマンションに住み続けるなら、自分が引っ越せばいい。あとは修の結婚を機に、現在の住まいを引き払うという手もある。

もちろん、結婚して紀伊間のところへ行くという道も残されている。

「親子で新婚？」

発した言葉が笑いとともに、自転車で切る風の中にとけてゆく。

そうなったら、修と二人きりだった家族が一気に増える。目と鼻の先に、修夫婦と子供、紀伊間の両親、それから紀伊間と自分。小さな子を囲んでみんなが集まったなら、さぞにぎやかだろう。あまりに楽観的な想像だろうか。

いつもは左折する交差点を、別の方向から来たので直進する。ＡＹタクシーの看板下にはどういうわけか、社長と社員数名が千春を出迎えるように、道の方を向いて立っていた。

わりと車が多かったが、信号のタイミングがよかった。千春はペダルを踏みながら、前後の安全を確認して斜めに道路を渡る。

「おはようございます。どうしたんですか」

戸惑いを見せる社員たちに囲まれ、社長だけが挨拶を返し、道の反対側の方を指さす。

千春は自転車を路肩に止めて片足をつき、首をねじった。

向かいの白い空き店舗と茶色っぽい中華料理店に、目立つ落書きがあった。

〈人殺し〉

〈K島　春×1000〉

黒いスプレーペンキで横書き。特に〈人殺し〉は、空き店舗の白い壁を背景にくっきりと浮かび上がっていた。

激しいクラクションを聞き、千春は我に返った。傍らを駆け抜けるバスにあおられ、自転車にまたがっている身体がぐらついた。

8

中華料理店の落書きは消されたが、空き店舗のほうは放置されている。

空き店舗は数年使われておらず、そのうえ権利関係でもめているとかで、長くこの状態は続きそうだ。知人の不動産屋の話が間違っていて、今日にでも落書きが消されるよう、修は祈っていた。

千春はその話を一切しない。修は配達中に落書きに気付き、仕事ついでの立ち話から情報を集めたのであって、誰かから聞かされたわけではなかった。

うなされる千春の声を、今日も夜明け前に聞いて目が覚めた。千春は起きれば平然としているが、ぼうっとしていることが多くなった。今もスクランブルエッグにするか、目玉焼きにするか訊いたのに、返事をしない。パジャマ姿でダイニングテーブルの椅子に腰かけ、六時五十分のニュースをぼんやり見ている。

修は手に持っていたフライパンを、コンと一つ叩いた。

「お母ちゃんよ、スクランブルエッグでええかねー」

普段はおふくろだが、気分を上げたい時や頼みごとをする時は、おどけた調子でこう呼ぶ。姉弟や恋人同士に間違われた時は、わざと名前を呼んで、千春を怒らせて楽しむこともある。

千春はやっと反応して、よろしくー、と言い、洗面所に移動した。ずいぶん早起きしてどうしたの、と今頃になって訊く。だが、返事を待たず、すぐにジャージャーと水を流し始めた。

「あんなで、運転大丈夫なのかね」

不動産屋によれば、落書きは七月五日土曜深夜から翌日未明の間に書かれたらしい。五日目の朝が来て、今日は金曜日だ。

近所の防犯カメラには、この蒸し暑いのにフード付きのヤッケのようなものを着た犯人が映っていたという。これについてはネット上の話なので、信憑性は怪しい。だが、「AYタクシーのK島マジ人殺し」「南城小学校の児童を殺ったんだろ」「十五年前」「ボケ。先月」「男」「男子。見つかったって話があって、そのまま即転校しちゃって、実際は誰も会ってない。本当です」「男子児童が化けて出るって？」というやりとりには、十五年前の事件を知っている人物の愚劣さを感じないわけにはいかなかった。

朝食はトースト、スクランブルエッグ、飲むヨーグルト、カフェオレ、小玉すいか。

生活が苦しかった昔、食事時は嘘のつき合いだった。お母さんはもう食べたから、と千春は言い、修はそれを信じているふりをして一人分の朝食や夕食を食べた。母親は食事、睡眠、収入と足りないものだらけ。イライラを抑え込み、無理な我慢を重ね、それでも子供に当たったりはしなかった。あの事件のごたごたがおさまらないうちに、養育費でも振り込まれたのか、千春が山のように買い物をして帰ってきた日があった。千春は、はしゃいでいた。夕食は修が好きなカレーで、誕生日でもないのにイチゴショートケーキとサイダー、新しいスニーカーが用意されていた。修はそのスニーカーをすぐには履けなかった。気恥ずかしかったのだ。靴が小さくなったのに我慢していたのを知られていたことが。それから、千春が壊れてしまったようで恐く、恐いと思う自分がひどいやつに思えて、真っ白いスニーカーになかなか手が伸びなかった。

土砂降りの夜に若原映二という男が死んだという事実は、そういう日常によって塗り込められていった。事件について触れないことが、千春と修の間では暗黙のルールになった。今もって同じだ。そのことを、修はあらためて思い知った。

「今夜、梨花子をうちに連れてくるけどいい?」

マグカップを持った千春が動きを止め、ああ、と間の抜けた返事をした。いくぶん顔がこわばって見える。

「仕事あるから……修だってそうでしょうに」

千春の心に差す影を、明るい日常によって修は強引に押しのける。そうやって同時に、自分自身を未来に押しやる。

「そりゃそうだけど。あっ、じゃあ、キイマでいいや。仕事終わったら寄ってよ。バーの開店前に、梨花子には一回うちを見せておく。次の休みは?」

「明日、あさって。連休にした」

連休と聞いて、修はほっとした。千春をゆっくり休ませたいと思っていた。

「じゃあさ、三人でランチしよう。正確には三人と半人前か」

千春が微かに微笑む。

――今が過去になり、今が未来だってことさ。

修は、いつかの紀伊間の声を聞いていた。

配達の時の何気ない挨拶、通ったホテル、ガッチャマンのDVD。なんでもなかった今が、動かしがたい過去になる。今発した言葉が、未来を左右する。結婚を決めたという実感が初めてわいた。

だが、デパートで買い物があるからと譲らない。

梨花子とは夕方、マンション一階の花屋の前で待ち合わせた。迎えに行くと言ったのだが、デパートで買い物があるからと譲らない。

めずらしく、梨花子が遅れてきた。日傘を差し、よそ行きのすとんとした白いワンピースを着て、天然素材の小さな籠バッグと、洋菓子店の紙袋を提げている。車は、とたずねると、デパート近くの二十四時間対応の駐車場名が返ってきた。三時頃まで降っていた雨は止んで、薄日が差している。修は首元の汗を手で拭った。

「買い物ってそれ？」

「つまらないものですけど」

「サンキュ。気を遣わなくていいのにさ」

修は手土産を受け取って、マンション入口の日陰に梨花子をいざなった。

「そういうわけには……」

家を見に来ないかと誘った時には、いいの？　なんて電話口で声を裏返し、母親や姉にその場で仕事を早引けする許しを得て、夜はキイマでおふくろにあらためて紹介すると言うと、どうしよう、と今度はおろおろし始めたが、それでもうれしそうには違いなかった。ところが、今は表情が曇っている。

「具合が悪いのか」

ううん、と梨花子は首を横に振った。変化する母体が腰の痛みやむくみといった不調を起こすことくらいは、修も知っている。つわりもほとんどなかったし、元々が丈夫な梨花子であっても、そういうことはあるはずだ。

「五階まで階段だし、またにするか」

「大丈夫だってば」

梨花子は半ば怒ったように言って傘をたたみ、ガラス扉を自分で引いて先に階段を上がる。修は、一人半を支える気構えで後ろについた。

「片付いてるね。うちなんか、ジャングルに思えちゃう」

五十平米強の１ＬＤＫだ。ゆっくり見ても、三分とかからない。

玄関を入ると、左に極端に短い廊下。廊下に上がって右のドアを開ければ、ベッドが半分を占める修の部屋。次の左のドアはトイレ。正面のドアの先は、残りのリビングダイニングなど。そこに入ると左に浴室のドアがあり、右の壁伝いにコンパクトなキッチンは丸見え、丸いダイニングテーブルがあって、三連のパーティションで仕切られた左奥は千春のスペースとなっている。

狭い部屋を広く感じさせるために、細いスチールと邪魔にならない色合いの化粧板でできた簡素な中古家具を集め、ものを少なくし、家具と同じテイストの雑貨にした。色味といえば、床に転がしてある丸いクッションのコバルトブルーとライムイエローくらいだ。

良質な日用品や家具の店が好きな梨花子は、椅子やテーブル、キャビネット、アームシェードに一つ一つ触れては見て回る。

「趣味いいわね。うちも変えたいけど、きっかけがないし、余裕もないし。それに、お母さんがうるさいわ。もったいないって」

「元値は高いけど、中古の掘り出し物だから安かったんだぜ」

修は、中学時代に始めた新聞配達を手始めに、アルバイトをいろいろとやった。家計の足しにと渡す現金を千春が修名義で貯金してしまうので、修がインテリアの買い替えを始めたのだった。それは昔の生活を徐々に消してゆく作業にもなったせいか、千春も協力的で、踏み台にもなるスツールやステンレス製のブレッドケースを時にはフリーマーケットで見つけてきたりした。だが、そういった細かな話は、梨花子に対しては省いた。

「だんだん買い替えて、何年か前に完了しちゃったな」

「それ、前に言ってたね。あと、枯れるといやだから植物は置かないって」

梨花子はブラインドのそばまで行って、思っていたほど暑くない、と言った。

「タイマーでエアコンをつけておいたからじゃないか？　まあ、断熱は悪くないけど」

「ここで育ったんだ。住んで何年？」

「十五年くらいかな」

「十五年……か」

修は、梨花子の右隣に立った。陽を遮る角度にしてあるブラインドの羽根の隙間から、向かいの乾物屋の瓦屋根やブロック塀で囲まれた月極め駐車場が見える。月極め駐車場には、花屋のワゴン車が停まっている。マンションには敷地内の駐車場が各戸に一台無料でついているが、それでは花屋は足りないからだ。ブラインドを引き上げてみる。背の高い建物はバス通りのビジネスホテルやビルくらいだから、意外と空は広い。西には、青空がのぞいている。

何日か前、結婚したらどこに住もうかと梨花子が訊いてきた。梨花子は子育てや家計、職場への行き来を考えて実家に住み続けたいと望み、仕事柄酒を飲む機会が多い修は、毎晩運転代行というわけにもいかないな、と答え、話は持ち越しになっていた。

「お母さんさえよければ、梨花子の実家に住まわせてもらうか。おれは酒をセーブする。まあ、飲んじゃった日はここに泊まればいいし」

修にしてみれば精一杯の譲歩だ。口にしてしまえば、腹も決まる。

自分好みの暮らしとはおさらばで愉快とは言い難いが、梨花子が機嫌よく過ごせることが第一だと思った。母親が笑っていれば、子供も笑う。それに、慣れ親しんだねぐらがなくなるわけじゃない。

しかし、梨花子は答えず、パーティションの方を見た。千春のベッドが少し覗いている。

「ねえ」

「ん？」

梨花子が首を百八十度ねじって、修を見上げる。

「お母さんが乗せた南城小学校の男の子って、今、どこにいるの？」

修は黙って梨花子を見返した。

冷ややかな気分になり、瞳孔が閉じてゆくような気がした。

梨花子は、泣き笑いみたいな顔になってゆく。

「ほら、みんなは親切のつもりでいろいろ教えてくれたんだと思うの。この落書きのこととか」

梨花子はハンドバッグからスマホを取り出して、AYタクシー前の落書きの画像を示した。〈人殺し〉〈K島　春×1000〉どちらもはっきり読める。中華料理店の落書きを消す前に、誰かが撮って梨花子に送信したらしい。天真爛漫に、人に何でも話す梨花子だ。婚約者が誰でどんな仕事をし、母親が何という名でどこに勤務しているか、知っている友人知人は多いだろう。こんな画像を見たら、梨花子もネットで調べてみるはずだ。十五年前の事件の片鱗を見つけたかもしれない。

「ねえ、お母さんだって怒ってるんでしょ？　迷惑してるのよね？」

修は答えあぐねた。

十五年前、おふくろは人を殺した。正当防衛だ。それから、先月行方不明になった小学生は、翌日無事見つかったよ。あとはろくでもない作り話だ。それがどうかしたか
——喉まで出かかったが、言わなかった。言いたくなかった。言えば、また千春が傷つく。過ぎたことをほじくり返し、馬鹿げた噂に付き合って、一体、何になるのか。おなかの子は生まれてくるし、過去は変えられない。前に進むしかない。

梨花子の目つきが鋭くなった。

「どうして何も言わないの？　ねえ！」

修は微笑んだ。

「なんかさ。梨花子、平気？」

できるだけ平然と返したつもりだったが、梨花子がどう感じたかはわからない。うつむいた梨花子は自分を抱くように両肘を持ち、小さく首を横に振った。

「ごめんなさい。私、やっぱり今日は帰る」

9

あまり食欲のない千春は、熱いミルクティーと、梨花子の手土産のフルーツゼリーを食べる。白桃の二分の一個が丸ごと入っていて、食べごたえがあり、おいしい。

昨日は気分が悪くなったとかで、彼女と会う機会は日延べになった。

その連絡をメールでしてきた修の顔を見たのは、今朝になってからのことだ。昨夜も、千春が寝てから修は帰ってきた。

修は遅い朝食を一緒にとっているが、どうも顔色が冴えない。

「もしかして、梨花子さんとけんかでもしたの？」

トーストの残りを口に押し込んだ修は、左手にマグカップ、右手にテレビのリモコンを持った。テレビの方を見ており、返事をする気がさらさらないらしい。

「あんた、まさか、ここでおふくろと暮らそうとか言ったんじゃないでしょうね」

今度はさすがに、修は噴きそうになって笑った。そんなわけねーだろ、とパンを嚙みながらモゴモゴ言う。忙しそうに立って紅茶を飲み干し、自分の食器を流しに置いたかと思うと、もう洗面所に向かう。

「全部ちゃんとするから。決まったら言うよ」

大きな背中が、面倒くさそうに洗面所に消えた。ものの一分で歯を磨いた修は、出勤していった。

若い二人にとっては、予定外の妊娠、結婚だ。戸惑いや苛立ちは当然で、別に千春はそれを心配しているわけではなかった。

頭にあるのは、例の落書きであり、事実無根とは言えないということだった。

昨日は、社の裏手にある社長宅に呼ばれた。

パソコンやケータイを通じて木島千春についてどんな話が飛び交っているかを、社長に進言した社員が複数いたらしい。

――正当防衛だったんでしょう?

社長は十五年前の事件について、面接時から知っていたと告白した。パスタ専門店のオーナーシェフと共通の知り合いが多かったから、千春も薄々気づいていた。別のタクシー会社から移ったのは、十年前。事件から五年しか経っていなかった。

――事情をよく知りもしない人たちが、よってたかって。ひどいと思うわ。

――否定できない部分もありますし……すみません。

――何言ってるの。今ね、町会長さんと話し合っているのよ。あの落書きを、どうにかして消しましょうってことでね。木島さんは気にしなくていいの。私たちのため、この地区のためなんだから。あの空き店舗は所有権を争って裁判になっているの。だから、なんなら所有者が決定するまで、うちが費用を立て替えてもいいと思って。関係者に打診してみるわ。そりゃあ、犯人が捕まって弁償させられればいいけれど、そんなことを期待したって始まらないから。

――ありがとうございます。ご迷惑をおかけして、本当に申し訳ありません。

――さっきも言ったでしょ。あなたは気にしないの。堂々としてらっしゃい。いいわね。

八木沼社長を思えば、人に恵まれていると感じる。その反面、人殺しと言い放った斎藤明夫や匿名で垂れ流される無責任な話を思うと、千春は暗澹たる気持ちになった。

これでは、いつ梨花子の耳に入っても不思議はなかった。

来年一月が予定日。赤ん坊は、生まれる場所を選べない。

千春は食器を洗いながら、修が生まれた時のことを思い出していた。

修の産声は遅かった。泣け、泣いて——一人きりの、自分がどうなっているかもわからない難産のあと、目を閉じた暗闇の中で必死に呼びかけた。しゃっくりのような、続いて割れるような泣き声を聞いた時、身体のこわばりがとけて、そのまま気を失うように眠りに落ちた。

まっさらな命に、しみをつけるようなまねはしたくない。

食器を洗い終えた千春は、紀伊間に電話をくれるようメールした。五分と経たないうちに電話がかかってきた。

「どうした」

「忙しいところ悪いけど、今日会えない？　できたら、修がいないところで」

「うん……わかった。ちょっと待って」

スケジュールの確認だか調整だかをする気配がして、紀伊間が正午からなら少し時間にすることが取れると言ってくれた。駅前通りを渡って西に行った「井土邸(いづちてい)」で待ち合わせることにする。公開されている名士の邸だから入場料はかかるが、リビングが無料のカフェになっていて静かに話せる。紀伊間は十二時半から、近くにある開業間近の飲食店で試食会兼打ち合わせがあるので、都合がいいと言った。

自転車で数分、灰色の分厚い雲が流れては途切れ、街はうだるような暑さだが、井土邸は夏の緑に覆われ、蟬の声が降りしきっていた。

駅にほど近く、商業ビルやマンションに囲まれているとは思えない静けさだ。

デッキシューズを脱いで木造平屋の邸内に上がると、冷房が効いていて涼しい。

井土は芸術を愛した実業家だったというが、和洋折衷のこの合理的でモダンな住まいを見ると納得させられる。第二次大戦後の物資が不足した時代に、チェコの建築家を招き、安価な合板を多用しつつも、四季折々の庭を家のどこからでも絵画のように眺められる贅沢な空間を作った。この邸を訪れた芸術家や学者は数知れない。

千春は、そういう身近な歴史もキイマ会で知った。

紀伊間は井土に似ている。井土のように交響楽団を育てたり音楽ホールを建設したりはしないし、国籍のない若者や戦争を体験した老人といった人々も招いて話を聞くけれど。

経営難の酒屋。失意の父親を呑み込んだ酒。魅力的な広い世界。これまでの交友関係。

普通に考えたなら、どれかを優先するがために何かを捨てざるを得なくなりそうだが、紀伊間は違った。荒れ果てた土地に、自分で作った腐葉土を足してゆくみたいにして、見えない何かを育ててきた。キイマ会のどの講師よりも、紀伊間から、千春は多くを学んだ。いつだったか、幾之介さんも同じようなことを言っていた。紀伊間がいなかったらどうなってたかね、とも言った。話の運びからすると、あれには幾之介さん自身のことも含まれていたと思う。

板張りの広いリビングには、いくつかテーブルがあって、左端の椅子に紀伊間が庭に向いて座っていた。手にはアイスコーヒーを持っている。引戸のガラスは古く、ゆがみが美しい。そこから見える竹林や欅（けやき）、黒い石のオブジェの庭は夏の陽に光り、紀伊間の姿は影絵のようで、どことなく儚（はかな）く映る。

離れた席に年配の女性が一人いたが、顔見知りではなかった。

忙しい紀伊間相手に、ためらっている時間はない。

たとえ、どんな話であっても。

係の女性からアイスコーヒーをスタックタンブラーに注いでもらい、それを持って千春は席についた。それでもまだ、約束の時間より少し早かった。

「こうあらたまって会うの、めったにないな」

照れ隠しのように紀伊間が言って、アイスコーヒーを飲む。

予感があるのか、千春を見ない。

アイスコーヒーを、紀伊間との間にある小さなローテーブルに置いた。木製のローテーブルには、汗をかいたタンブラーが作った水の輪がいくつもしみている。数えてみると七つあり、紀伊間のアイスコーヒーは残り少なかった。予定が早まって時間ができたのかもしれないが、紀伊間はいくらか緊張しているように見えた。

「よく考えたんだけど、結婚はしたくないの。自由でいたい」

紀伊間は庭を見ている。

千春も同じだ。

ほんのり甘いアイスコーヒーに口をつけたが、いくらも飲み込めなかった。胸がいっぱいだった。うっかりすると涙が出そうで、そうっと深呼吸した。結婚を断ったがためにできるかもしれない溝を、こんなにも自分が恐れているとは知らなかった。いつか、悔いるような気がした。

「そうか」

紀伊間は、まだ庭に顔を向けている。いくらか口角を引き上げたのを、千春は目の端で見ていた。

「なんなら、あのマンションは修たちに譲って、一人暮らしを始めてもいいと思ってるの。ＡＹタクシーに近いほうに結構いい部屋があるのよ」

「うん」

今の距離なら仕事帰りに自宅を過ぎてキイマに立ち寄るのはわけないが、あそこに引っ越したなら職場に近づく分、キイマからは足が遠のきそうだった。

「親子で新婚っていうのもなんでしょ」

千春は笑みを作った。まあな、と紀伊間が小さく笑う。彼の優しさが胸にこたえた。この優しさに付け込むのだ。ひどい女だと思われてもしかたがない。

「お願いがあるの」

今度は、紀伊間に顔を向けた。

「修を養子にしてほしい。紀伊間修にしてから結婚させたいの」

落書きの件を説明しようとしたら、紀伊間はそれを遮った。八木沼社長が町会長と動いていることや、空き店舗は所有権を争って裁判中だということまで知っていて、当分様子を見るよ、と付け足す。

「養子縁組でいいのか」

「十五年前、遠くへ引っ越すという選択肢もないわけじゃなかった。でも、助けてくれる人がいて、仕事があるこの街に住み続けた」

「俺が勧めたんだ」

「自分で選んだのよ。私と修にとって、それは間違っていなかったと思う。でもね、根を張り過ぎて、修には重荷を残しちゃった。私のしたことは消えないもの」

消えるどころか、近頃は夜ごとあの晩を夢に見る。

若原映二は黒い影のようだったり、顔のない亡霊のようだったり。

あの土砂降りの中で、一体、何に向かって錆びた鉄筋を振り下ろしたのか。時々わからなくなって目が覚める。

「だから、修も、今度生まれてくる子も、木島から切り離してやりたいの」

明るかった庭がたちまち暗くなり、雷雨にでもなりそうな風が吹き始めた。

こういう時に、紀伊間がどんなふうに考えているのか、千春にも少しは想像がつく。感情を遠ざけ、目的を見据えて何が有効かを考え、具体的な策を二、三組み立てる。具体策が複数なら、一つがだめでも、次の手がある。なんだか冷血人間の思考回路みたいだが、いずれこれが自分の心を軽くしてくれる。千春も、紀伊間のまねごとを繰り返してきて身に沁みている。

「お願いします」

「わかった。修と三人で具体的に話し合おう。おれが修を養子にしたがって千春に前々から相談していた、と言えばいい。今夜、店に来られるか」

親やきょうだいより信じられる男からのプロポーズを断るなんて、と自分でも思う。でも結婚したら、紀伊間にまで傷をつける。もうたくさんだ。

「ええ。連休にしたから夜遅くても平気」

「じゃあ、店を閉める頃に。待ってる」

紀伊間は席を立って、先に出ていった。

千春は鼻の奥がつんとして、歯をくいしばった。代わりに、空が泣き出した。遠くで雷が鳴り響く。井土邸は小一時間、豪雨に包まれた。

夕方には雨があがり、街に虹がかかった。

あっ虹だ、とはしゃぐ幼い修と窓辺に飛びついたのは、遠い昔のこと。それでも、こんな時にはなぐさめになった。

千春は、閉店三十分前の十一時半にキイマへ行った。

看板近くの、洋書と酒瓶を飾った壁の四角いくぼみ、ショーケースのガラスにはキイマ会の案内が例によって銀色のペンで直接書かれている。次回は二週間後の土曜、テーマはウクライナから見た日本、講師はウクライナ在住の学者だ。千春の携帯電話にも案内のメールが入っていた。

中は常連が数人、どういうわけか一冊の本を囲んでにぎやかだ。遅い時間までいるのはめずらしい幾之介さんまでカウンター席にいて、千春においでおいでをする。

「見てごらんなさいよ。誰のサインだと思う」

カウンターには小説と思われる古い洋書があって、表紙をめくった扉に、ボールペンでサインが書いてある。その本を幾之介さんの後ろから覗いた千春は、首を傾げた。

「外国人ですか？」

カウンター内には紀伊間がいて、大騒ぎして困ったもんだ、とでもいうように肩をすくめる。修は裏にでも行ったのか、姿が見えない。

いくらか酔いが回った顔をしている幾之介さんが、自慢そうに鼻をふくらませ、千春に本を手渡した。

「ダスティン・ホフマンだよ」

「え？　あの映画俳優の？」

言われてみれば、サインは前半が「D」後半が「H」で始まっており、そんなふうに読める。本はJoyceの『Dubliners』だった。

幾之介さんが、腕組みをしてにやにやする。

「昔ね、ニューヨークの公園のベンチで紀伊間と隣りあって座った男がいて、サインしたんだとさ。何を読んでるんだい、なんて話から始まって、この本についていろいろ話したあとに」

紀伊間は、後ろの階段棚に寄りかかる。

「顔が似てるから、俳優かい、と訊いたらそうだって言うから、サインを頼んだんですよ。でも、いるんじゃないかな。アメリカにはダスティン・ホフマンが何人も」

他の常連たちが、ぷっと噴いた。幾之介さんは、紀伊間に向かって口をとがらせる。

「このインテリ男は、ダスティン・ホフマンのサインをそこらの棚に長いこと放っておいて、しれっとしてたんだ。私がなんとなく手に取ってなきゃ、だまーってたんだよ。いやだねえ」

紀伊間はスクエア形の眼鏡を外して、レンズについたごみを吹いて飛ばし、かけ直す。

「どうせ偽物ですよ」

これぞインテリといった芝居がかった仕草で、幾之介さんを刺激する。千春も可笑しくなってきた。

幾之介さんが、じゃあ私によこしなさいよ、と本を千春から取り上げ、その手から紀伊間がさらに本を取り上げた。幾之介さんは自分でも可笑しくなってきたらしく、真っ赤になって紀伊間を指差す。

「なんだ、なんだ、サインが本物だと思ってるんじゃないか」

「もしもってことがありますから」

ドンと、店のドアに体当たりするような音が響いた。全員が一斉に入口を見た。入って来たのは、顔に傷を作った修だった。修と同じくらいの年齢で、似たような黒っぽいシャツを着た若い男が肩を貸している。

「どうしたの」

千春が驚いて駆け寄ったが、修は何も言わない。左の頰に血が滲んだ痣があり、右足を少し引きずっているが、意識はしっかりしている。しゃべれないのではなく、しゃべらないと決めている様子だ。落書きしてたやつを追っかけて、と若い男は言い、奥の長いソファに修を寝かす。千春が紀伊間から受け取ったおしぼりや薬箱を持って修について歩く間に、紀伊間は店じまいを宣言して、修を心配する幾之介さんたちを送り出してゆく。落書きの話が出た以上、あまり人がいないほうがいいと思ったのだろう。幾之介さんと一緒に表に出たらしく、紀伊間の声が外に消えていった。

屈みこんで傷口におしぼりをあてがう千春に、おふくろいてーよ、と修が顔をゆがめ、若い男はおふくろという言葉に反応して母子を至近距離で見比べたが、説明を続けた。

「この向かいの店のシャッターに、落書きを始めたやつがいて」

「修がとがめて、追いかけたのね」

「らしいです。それで、逆にやられちまったみたいで」

どんなやつかと千春は訊いたが、わかんねーよ、と修が言う。相手が振り向きざまに、スプレー缶を持った手で殴りかかってきたから、男だろう程度しかわからなかったらしい。若い男はその間に、修の靴下をかかとまで引き下げ、右足の具合を見た。足首を手で動かし、修が顔をしかめると、軽い捻挫かな、と優しく言った。

「おれもここへ寄る途中に修を拾っただけだから、そいつを見たわけじゃないんですが」

「連れてきてもらって助かったわ。どうもありがとう」

「いえ。今見たら、×みたいなのが書いてありましたよ」

ああ、この人は修の友だちなのね——千春は修の右足首に湿布を貼り、話を咀嚼する。修が落書きに過敏になっていると聞いて、いやな予感がした。

「どうする。一応、病院行くか」

ダイゴもういいよ、と修は言い、ダイゴと呼ばれた青年は、ワカハラです、と名のった。

ワカハラダイゴ——千春は耳を疑った。

Ⅳ　訪問者

1

午前零時頃、千春は店の外まで若原大吾を見送った。

キイマの向かいの店は、メンズ中心の帽子店だ。

大吾が言ったように、そこの濃いグレーのシャッターには「×」らしき一文字が黒いスプレーで書いてあったが、「人」とも読めた。よく見ると、右横にはその四分の一くらいのサイズの「メ」と読める字もあった。シャッターには余白が十分あり、AYタクシーの向かいにあった落書き〈人殺し〉〈K島　春×1000〉を、同じ横書きで書けそうではある。同一人物がやったのかもしれない。

「この前の落書きと同じね」

そう言って戻った千春に、紀伊間と修は質問一つしなかった。同じことを思ったからだろう。例の落書きについて、紀伊間だけでなく、修にも説明がいらないらしい。落書き犯に遭遇して神経を逆なでされ、かっとした修が目に見えるようだった。

その後、誰もしゃべっていない。

修はソファに寝そべり、紀伊間はグラスを洗い、千春はカウンターで頬杖をついている。

落書きや修が殴られたことは実のところ二の次になり、ここに若原映二の息子がいたことが最大の問題になってしまっていた。千春はショックだった。しかも、名字を聞いた修が顔色を変え、当たり障りがない言葉を駆使して大吾を早く帰し、それを見ていた紀伊間は全部承知していたような顔をして黙っている。この十五年間まったく話題にしていないのに、三人はそれぞれ若原大吾の存在を知っていたというわけだ。

あの事件があった年の秋に、千春は若原の家を見に行った。

県北にある、二部屋ほどだろう小さな平屋だった。

報道で修と同い年の息子がいると知り、無視できなかった。刑事の一人は、若原映二が死んで家族は救われたんだ、と言い、そういった傾向の報道もされた。そのせいか、若原映二に翻弄された被害者同士といった気持ちのほうが千春は強かった。小林史也から養育費は入ってくる、実家からも銀行口座に十万程度の金がたまに振り込まれる、仕事もあり、好奇の目にさらされつつも周囲から同情され、遺族のことを考える余裕があった。翌年の夏、修が好きな昆虫図鑑とカブトムシを買って、玄関先にそっと届けた。虫が豊富そうな場所だったけれど、修がカブトムシを仲間みたいに連れ歩くものだから、若原の息子にもいいような気がした。

間を空けてその後、球根と植物図鑑を届けたが、この時は帰宅した男の子が地面に叩き付けてしまった。誰が贈ったのか、予測がついたのかもしれない。手提げの青い紙袋が土埃を散らした。離れた畑道から見ていた千春は、ものをあげるなんて自己満足に過ぎないと思い知らされた。だが、それからも郵送で映画や美術展、コンサートなどのチケットを二枚ずつ送った。贈り物がごみになっても、怒りをぶつける対象になってもいいと思った。中学卒業の頃が最後だ。修がアルバイト代で初めて買ってきた中古の椅子、その後ダイニングで千春が使うことになった椅子が、細いスチール脚に身体を受け止める丸みのある天然木で六〇年代風というのか実に趣味がよく、余計なことはすまいと思わされた。よその子に対しても。

大きくなったな──冷静になってみると、その思いで胸がいっぱいになっていた。何に対してかわからなかったが、千春は感謝せずにいられなかった。スコッチをもらったが、チェイサーの炭酸水ばかり飲んでいる。酔ったら、感情をコントロールできなくなりそうだった。

「あの子は、私が木島千春だって知らないのね」

だろうな、と言って紀伊間は自分のスコッチをなめた。

「おれは修、あいつは大吾。それしか教えあってなかったから」

身体の向きを変えたのか、修の声が少しくぐもる。千春が顔を向けると、茶色い革張りのソファの背もたれから、くるぶしまでの靴下をはいた修の足裏だけが覗いていた。

あの足がもっと小さかった頃、修もあの家まで行ってみたのだろうか。新聞記事と電話帳があれば、住所はわかる。時刻表や路線図を見て電車やバスに乗るのは、あの事件のずっと前からお手のものだった。

「どうしようか」

千春は問いかけた。事実を故意に隠すわけにもいかない。知られてしまったならその時はその時と思う他なかった。修と、若原大吾をまた傷つける。それが一番苦しい。

修は黙っており、なるようにしかならないさ、と紀伊間は言った。

「話は変わるが、修」

紀伊間がさっぱりした声を発した。それが千春に今夜の目的を思い出させた。

「以前から千春に相談してたんだが、ゆくゆくうちの会社を継いでもらいたい」

修が上半身を起こし、ソファの背もたれに腕をのせて、紀伊間と千春を見た。紀伊間は仕事の顔になっている。

「おれとしては養子縁組を希望する。紀伊間修になって、財産も相続してくれということだ。どうだ、頼めるか」

「どうって……」

修が戸惑いをあらわにし、千春の顔色をうかがう。千春は黙っていた。

「千春からは承諾をもらった。それで今夜、来てもらったんだ」

紀伊間が言葉を足すと、修は鼻から下に生やしている短い髭をなで、しばらく考え込んだ。

「おふくろ。それは紀伊間修になってから、結婚しろってこと？」

非難めいた口調だった。

そうよ、と千春は言った。言った途端、つくづく修を産んだのだと思った。自分の血、時間、したこと、しなかったこと、ありとあらゆるものが修に注がれている。

「だって順序が逆はないでしょう、この場合」

眉をひそめた修に対して、千春は笑みを作った。木島修として生きてきた日々を否定されるような、母親を見捨てるような、そんな気持ちが修を襲っているのなら、払いのけてやりたかった。

「落書きされた程度で、この騒ぎなのよ。梨花子さんと生まれてくる赤ちゃんのために、できることはしておきなさい」

カウンターに垂れた水で「ＫＩＪＩＭＡ」と書いてみる。

「難しい顔しないの。Jを抜くだけじゃないの」

スコッチに初めて口をつけた。

紀伊間は千春を見はしなかったが、口角を引き上げる。Jを抜くだけのことを、千春は時間をかけて考え抜いた末に断ったのだ。

修が立ち上がった。右足をちょっと引きずって歩き出した。

カウンターに来るのかと思ったが、そのまま出ていこうとする。千春が呼び止めても、修は頑なに振り向かなかった。

「おれを幾つだと思ってるんだよ」

ドアが閉まった。あとを追えと紀伊間が目で促す。千春は外に出た。修はまだ酒屋の前を進んでいた。千春が肩を貸そうとしたら、修はその手を振り払った。

「一人にしてくれ」

声が冷たかった。心から、そう望んでいるように聞こえた。

千春は、修を置いて歩き始めた。途中で足を止めて振り返ってみると、修は逆方向に向かっている。左に傾いで、右足をかばって。線の細さはいつの間にか微塵もなくなり、もう完全に男の後ろ姿だ。知らない人のようにも思えた。

反抗期と呼べるような時期が、修にはほとんどなかった。もっと早くこうなるべきだったと千春は思った。なのに、どうも胸や腹の辺りが寒い。抱きかかえていたあたたかいものを失ったみたいに、心もとない。修を背負っていたような気でいたが、背負われていたのかもしれなかった。あの十五年前の事件よりも、もっとずっと前から。

2

タクシーに乗って街に出ると、ほっとする。

どこで寝たのか、修は月曜の朝になっても帰ってこなかった。明け方、千春はおかしな夢を見た。自分が仕事から帰ると、若原大吾が家で待っている。小学生の彼だ。それだけの夢。修の帰宅を気にかけ、成人した若原大吾に会ったからに違いなかった。若原映二が夢に現れないのは久しぶりのことだった。

職場には妙な雰囲気がそこはかとなく残り、出庫時に落書きはどうしたって目に入るが、ハンドルを握るうちにそんなものも後方へと流れていってしまう。一年後の今日には全部過ぎたことになる。生きている以上、その場にとどまりはしない。

午後四時、塾へ向かう永井典人を久し振りに乗せた。

壮太がいなくなる日の午前中に乗せてから、千春が会うのは初めてだった。このひと月半ほどの間、永井典人は塾を休んでいたらしく、通院に別のサポートドライバーが一度送迎をした記録が残っていただけだった。少しやせたようで、なんだか眼鏡が大きくなったように感じられる。挨拶や乗車時に、うつむきかげんなのも気になった。気分が悪くなったら言ってね、と声をかけたが、はい、の返事も聞き取れないほど小さい。いつも持っているタブレット型端末すら、今日は見える範囲になかった。

それでも永井典人の関心は、千春に注がれている。ルームミラー越しに何回も目が合う。この前会った時以上に、何か言おうとして言えない状態らしい。

千春はブレーキを踏み、踏切の先頭でタクシーを停めた。この踏切は壮太がいなくなった翌日、紺色の服の人を目で追ってしまい、壮太がいたらきっと首を伸ばして電車が停まっているホームを見たがるはずだと想像した場所だ。逆から走ってきたから、線路の左向こうに四角い箱のような白い駅舎と停車中の二両編成の普通列車が見える。避けられない。どうしたって、二人の間には花垣壮太がいる。

「寂しいね」

少し目を大きくした永井典人に、千春はルームミラーから微笑みかけた。

「びっくりしたけど、元気でよかった。壮太くんも、永井くんも」

永井典人は口を真一文字に閉じて、鏡の中から千春を見つめている。やがて、どうして僕たちのこと知ってるの、と当然の質問をした。少し前のめりになって。踏切のカンカンという音に負けない声量で。

「壮太くんがいなくなった翌日に、電車がよく見えるスカイホテルを訪ねてみたの。壮太くんが前に言ってたから、何かわかるといいなと思って。そしたら、壮太くんと仲のいい男の子がいるって聞いてね。その子は頭がよくて、ナガイくんと呼ばれてて、タブレット端末を持ってる。しかも、別の小学校らしい。それで、二人が友だちだとわかったわけ」

がくっと肩を落とした永井典人は、後部座席に深くもたれた。力が抜けたみたいになって、ごめんなさい、とつぶやいたようだったが、長い踏切の警報音に紛れてはっきりしなかった。

事前に壮太から何か聞かされていて、あの日の夕方何が起こるか予測がついていたのだろうか。たとえば、お父さんに連れて行かれるかもしれないとか、キッズタクシーが迎えに行っても乗らないかもとか。それを大人たちに言っても言わなくても大騒ぎになる。想像して、千春はやれやれと息をついた。

どうであれ、もう過ぎたことだ。

だから、壮太がカマキリの子供を持ち込んで騒ぎになった、楽しい思い出を話した。永井典人は少し笑った。弱々しい笑みだったけれど、カハッ、とちょっとかすれた声まで出して。ちょうどAYタクシーの前に差しかかる時で、出てきた平さんに千春は手を上げて挨拶した。視界の端を通り過ぎる例の落書きが、少しばかり色合いを変える。

それから到着まで特別話はしなかった。けれど、千春が車の脇に立ち、手を振って見送ると、永井典人も手を振ってから塾のあるビルに入っていった。今日は母親が迎えに来る予定になっており、帰りの予約は入っていない。

ついでに回ってみると、落書きされた帽子店に警察官が二人自転車で来ていた。現場を写真に収め、修から話を聞いている。傍らには、紀伊間と帽子店の店長もいた。一応、届けを出したのだろう。二人は千春に気づいたが、特段どうということもない。修は落書き犯を追ったのだろう方向を指差し、紀伊間は帽子店の店長と話し、千春はアクセルを踏んだ。修は家に帰って着替えたらしく、Vネックの細かいボーダー柄のTシャツを着ていた。

千春が仕事を終えて帰宅すると、ハンドバッグを置かないうちに、修から電話が入った。

「今、どこ」

「うちよ。帰ったところ」

「じゃ、エムラジオつけて次のリクエストを聞いて。清志郎の次。スタジオから連絡があったんだ」

「何それ」

「いいから。聞きゃわかるよ」

電話は切れた。

千春は、携帯電話からエムラジオにアクセスする。雑音がなくクリアな音で聞ける。修が言ったように、忌野清志郎の『トランジスタ・ラジオ』が流れていた。そのあと、女性パーソナリティーが、次はメールからのリクエスト、と伝え始めた。彼女はキイマにも時々飲みに来る人で、千春は街で会っても立ち話する。

「花垣壮太さん十二歳から、ＡＹタクシーのドライバー木島千春さんへ。《お元気ですか。僕は元気です。いろいろと心配かけてごめんなさい。感謝の気持ちを込めてこの曲を贈ります。》花垣壮太さんは、木島千春さんが運転するタクシーに何回も乗ったのかしら。短いメッセージですけど、何があったのかな、と想像させられますね」

何があったか知っているから、エムラジオはキイマへ事前に連絡したのだ。壮太がいなくなった時に、修からかかった電話によって、紀伊間、エムラジオの代表取締役へと話は伝えられ、協力を得られることになったのだから。知っているのは、それだけではなさそうだった。噂を打ち消そうとするみたいに、トークの中で壮太と千春の名が繰り返される。

こそばゆくなって、千春は耳を掻いた。

――いいことがあるぞ。

平さんの顔が浮かんだ。順序は逆だが、耳がかゆいといいことがあるという平さんの説も一理あるような気がしてくる。

「木島さんは、きっと優しいドライバーさんなんでしょう。リクエスト曲は、いきものがかり『ありがとう』」

ありがとうのフレーズから始まる健康的なその曲を、千春はダイニングの椅子に座って不思議な思いで聴く。

メッセージを耳にした時から、これは壮太じゃないな、と感じていた。

言葉遣いが優等生すぎるし、そもそもコミュニティFMから音楽をプレゼントするという発想があの子に似合わない。何か言いたいなら、AYタクシーに直接電話をかけてきそうだった。

その夜に帰ってきた修は、千春の直感を聞くと、まあ小六の悪ガキっぽくはないな、と感想を漏らし、私がリクエストしたみたいに思われそうね、という千春の冗談に笑った。

数日後、その冗談が、冗談では済まなくなった。

《タクシードライバーが自作自演か？　K島、笑える》

《身の潔白を証明したつもりなら残念だったね。限りなくブラック》

ネット上などで、こんな話が広まってゆく。

一方、「そうた」や「AYタク」「4春」といった者たちが、壮太や千春になりすまし、ぼくは土の中、あれは事故だったの、と語ったり、こうやって罪をでっちあげるのよね、と怒る。

これをきっかけに、八木沼社長は全社員に呼びかけた。噂など笑い飛ばして、私たちは私たちらしく仕事をしていきましょう。お客さまは必ず見ていてくださる、と。壮太がいなくなってから二か月にさえならない短期間でキッズタクシーの会員が五名減り、新規加入者はゼロといったマイナスの事実も隠さなかった。千春も初めて聞いた。消費税が増税されたこの春を別にすれば、急な減少だ。理由は市街地のマンションに引っ越した、塾をやめた、あるいは徒歩圏に変えたといったものだったそうだが、実のところはわからない。実際、噂による不安を訴えた母親が一人いたという。

以後、この件は社内で比較的オープンに語られるようになった。社名に傷がつくといった心配はもちろん、ひどいよね、木島さんが気の毒、といった話を千春に直接する人が増えた。

ネット上などで展開される迷惑な話を、千春は修や紀伊間、会社の同僚たちと読むにつけ、どういう気持ちも起こらなくなった。やがて、読む気すらしなくなった。それらは自分からは遠い、単なるオモチャになっていた。いずれ飽きられ、捨てられ、ごみになる。

千春の気がかりは、別のところにあった。修の右の靴下とスニーカー、シャツについていた黒い塗料だ。

エムラジオを聞いた翌朝、洗濯物を干していて気付いた。

くるぶしまでの短い靴下の履き口に、洗ったのに取れていないごく薄い汚れがあった。ゴムの内側に点々と二つ。足首の外側に直に当たる箇所だ。千春は人差し指と中指をそこに当て、親指を添えた。若原大吾の手の動きが重なる。彼が、修の靴下を脱がせる時に指をかけた場所だった。あの時に脱がせていたスニーカーの踵にも、ダークグレーのシャツの左肩や背中にも同様に黒い汚れが二つ点々とあった。濃かったのはシャツ。特に左肩の背中寄り。駆け寄って最初に、大丈夫かと左肩に手をかけたのかもしれない。

それにしても、若原大吾はなぜ黒い塗料を指につけていたのだろう。

3

三十代の女優がテレビの対談番組に出ており、人がうらやむような名声やきらびやかな世界に私は執着しないの、と美しく微笑む。

それが本当かどうかは、すべてを失って、二度と元に戻れないと気づいた時に初めてわかる。公子は失笑して、テレビを消した。

ソファから立ち上がると、さすがに身体が重い。腰も張って、中からみしみしと音を立てるような感じがする。胃の下、と思える辺りをおなかの子が蹴る。公子は腹部をな

で、

「元気ねえ、健（けん）」

と笑顔で話しかける。舅が名付けた。覚えやすく、海外でも通用する響きで、すこやかであれという願いが込められている。

予定日は九月三日。あとひと月半ほどだ。

時間があって気が向くと、安産のために公子は近所を少し歩く。

午後四時半。じき姑が帰るだろうから、もう少し一人の時間を過ごしたかった。週三日来る家政婦が夕食の下準備もしていったから、気兼ねはいらない。

最高気温が三十五度を超える日が続いているが、傘を差して、街路樹の欅の木陰をたどれば、それほど暑さは苦にならない。一部が成城石井になっているスーパー。椅子だらけで、上階からは長野方面の山々が見渡せる書店。インテリアショップにも見える花屋。そんなところをぶらつく。ダイニングテーブルに飾ろうと、今日は蔓植物やチコリ系の野菜などを使った小ぶりの花束を作ってもらった。

帰り道、レンガふうの歩道に点々と雨が落ちてきたと思ったら、たちまち降りが強まった。この頃は急な雨が多い。高く白い塀が取り囲む自宅に近づくと、表口の小さな扉が自動に開く。スマートキーだから両手はふさがっていても平気なので、公子は傘を差したまま通り抜ける。

——雨の日は、ここで滑らないように気を付けるんだよ。

保の注意を思い出して、石を敷きつめた小道を静かに歩き、無事、軒下にたどり着いた。玄関ドアは、キーのタグをリーダーに近づけて開錠する設定になっている。傘を閉じずに置き、ウールジャージーのワンピースのポケットから鍵を出す。手が滑って、シャンパン色のタグがついた鍵を落とした。足を少し広げ、腹部をかばってかがみ込む。リビングの掃出し窓が閉まった音がした。姑が帰っているらしい。

首から垂れたロングチェーンペンダントが揺れる視界の隅に、子供の足があった。白いアディダスのスニーカー。目が覚めるようなブルーのライン。マジックテープが付いている。

そんなはずはない——公子はぎょっとして動きを止めた。

ペンダントヘッドのピンクオパールが、二度三度と胸元から離れて弧を描く。足元の白い大判タイルが、ドクドクする心臓の鼓動に合わせて、波打っているような錯覚に陥った。かさかさ、かさかさ。頭の中が、黄色に染まる。モンキチョウの群れで埋め尽くされている。もはや、現実に見た、何十枚もの、不用品を示す黄色い付箋ではなくなっていた。

スニーカーから膝へと、視線を上げながら振り返る。

見知らぬ男の子が顔を引きつらせていた。今、自分がどんな表情をしているか、公子は思い知らされた。四つ足の動物が二足歩行を始めて人間となる進化をたどるように姿勢を正し、驚いた、と言って胸に手を当て、やっとのことで口角を引き上げる。まだ心臓が落ち着かない。

「ぼく、私のあとについて入ったのね」

男の子はランドセルを背負っている。小学校高学年といったところ。眼鏡をかけ、華奢な体つきをしている。顔色は青白いが、表情のこわばりはいくらかとけたようだ。初対面なのに、個人的な恨みでもあるみたいな目つきをして人を見上げている。賢そうな顔立ちなのに、少しおかしいのかもしれない。見たところ、傘も持っていなかった。

「さ、こっちよ」

公子は広げて置いてあった傘を拾い、花束を足元に置いた。子供の後ろ首に左手を当て、石敷きの小道を戻るよう仕向ける。子供は足をまったく動かさず、抵抗する素振りを見せたが、それは束の間だった。傘に入り、うつむいてとぼとぼと歩き出す。

「いい子ね」

子供の身体は熱く、汗で濡れていた。

公子は、子供のボタンダウンシャツの背中へと手をずらす。歩幅、顔を向ける角度。このくらいの子供と歩く感覚を身体が忘れていない。不快ながらも、甘く胸がしめつけられる。雨が敷石を叩き、傘が、庭木が鳴る。

「あら、開いてる……」

振り向こうとした子供に、大丈夫よ、と声をかけ、きちんと閉まっているランドセルの下に手を伸ばし、ふたをめくる。中のネームカードに「高前市立三郷小学校　永井典人」それから自宅の住所が書いてある。公子は頭の中で、三郷町七－一、とそらんじる。隣の市だからバスで四、五十分かかるはずだ。

「もしかして間違えたのかな。おばあさんのおうちがこの近所なの？」

塀の小さいほうの扉が開いた。なのに、永井典人は足をピタリと止め、キッと公子を見上げた。眼鏡の奥の瞳が鋭く光る。公子はたじろいだ。

「――しい？」

子供の声はかすれ、雨音が邪魔で聞こえない。

永井典人が大きく息を吸い、顔から迫ってくる。

「寂しい？」

何を言ってるの。そう思い、公子は口にも出した。イライラした。この子はおかしいと思っていても、胸がもやもやする。黒い瞳に吸い込まれそうだ。これが、どこだかわからない場所へ迷い込んだ子供の眼だろうか。

永井典人は眉根を寄せた。悲しいものでも見るように。

「寂しくないの？」

その時初めて言葉が鋭い刃になり、公子の胸を深く刺した。

ああ、この子は壮太のことを知っている。壮太があの日どうして姿を消したかを。友だち？　スイミングスクールの？　こんな子がいた？　――目の前の子供がぼやけ、壮太になってゆく。おれがいなくなって寂しい？　寂しいわけないよな？

かさかさ、かさかさ。公子の頭の中は、またも黄色に染まる。モンキチョウの群れで埋め尽くされる。

公子は鳥肌が立った。

「帰りなさい」

傘を捨て、永井典人を歩道方向へ夢中で突き飛ばした。一度そうすると、歯止めがきかなくなった。よろけた子供を身体で押しだし、傘の縁をつかんで歩道に放り投げる。

「帰って！　二度と来ないで！」

公子は、視線を感じてぎくりとした。

いつの間にか、前の歩道に老婦人がいた。

花柄の傘の中で目を丸くしている。見てはいけない場面を見てしまったといった様子で、足早に去ってゆく。時折見かける、近所の住人だ。他に誰かいないか、公子はあわてて首を回した。車が数台行き交っただけで、他に人影はない。左上から防犯カメラが黒々としたレンズを向けている。これが警備会社につながっているのは知っているが、何時間録画されるのかは公子にはわからなかった。乱れ、額に張りついた髪を公子はとっさに整える。

我に返ると、雨の歩道にひっくり返った傘だけが残っていた。

ウールジャージーのワンピースが濡れて、重い身体をさらに重くする。

「何なの……」

唇が震える。まだ防犯カメラに見られている。

そんなこともないだろうと思いつつ、何か言われた時の言い訳を考える。おかしな子供が入って来た。気味が悪い子供だった――それで通るだろうか。

空が青白く光り、遠くから雷が響いた。

4

昨日の夕方はひどい雨だったが、今日は朝から晴れている。風もあって、久しぶりに湿度が下がり、街中の人通りも多い。

一時過ぎに、千春がいったんAYタクシーに戻ると、八木沼社長がピロティ式の事務所の下にある駐車場にいた。社長は、その日陰で話していた若いマスタードライバーと別れ、両手を胸の前でひらひらさせて駆け寄ってくる。

「見た？」

タクシーを降りたばかりだった千春はドアを閉めた。

「何をですか」

「やだ、木島さんたら」

社長に腕を引っぱられ、前の通りの歩道まで出た。もう途中でわかった。向かいの空き店舗の落書きがなくなっていた。よく見ると、そこの部分だけ若干明るいが、全体の白に結構なじんでいる。帽子をかぶった作業員が一人いて、片付け中だ。

さっきはミキサー車の後ろについて左折で入ったから、気づかなかった。千春は安堵した。社のイメージが悪くなるのではないかと、ずっと気がかりだった。キイマの前にある帽子店の落書きはすでに消されているから、これで二か所とも元どおりだ。

「あー、きれいになりましたね。ありがとうございました」

「お礼なんていいの。前にも言ったように、これは私たちのため、この地区のためなんだから。今朝、点呼のあとに町会長さんから連絡が来てね。それで善は急げと思って」

社長が腰に手を当てて、胸を張る。

「応急処置的としてこのくらいかかりますということで、見積もりを取って先方にお渡しして相談中だったのよ。それで手配はこちら、費用はあちら持ちとなったわけ。所有権の裁判中だけど、その辺は適当にするんでしょう。なんたって、材料費プラス六千円。

安いんだもの」

「安いし、フットワークもいいですね。今日の今日に来てくれるなんて」

作業員は、はがしたマスキングテープやシートといったごみ、道具類を入れた箱などを抱え、道路を渡ってくる。そういえば、AYタクシーのブロック塀沿いに見慣れないバンが停まっている。バンは古いが洗車してあり、整然と積まれた脚立やロープ、赤いコーンといった荷物が車窓から見えた。

社長は少し背伸びをして、いい男なの、と千春に一言耳打ちした。社長は見てくれで人をほめはしない。

「仕事急募なんですって。一人社長の草むしり屋さんなんだけど、清掃、簡単な修理や塗装、できることは何でもやるそうよ。社名が『草むしり屋』。そのまんま。面白いの」

「ユニークな――」

鍵束を持った手で帽子を浮かせて軽く会釈した作業員に、千春は微笑んだが、その笑顔が固まった。目の前に立った相手は、若原大吾だった。

「こんにちは。落書き、多いですね」

「ほんと。またお世話になって」

大吾は上半身をそらせた。制服の千春を引きで眺め、ドライバーさんなんですか、と意外そうに言った。ええ、と答えた千春に、脳裏をよぎるこれまでのいろいろを見ていいた。

あら、二人は知り合いなの、と社長がうれしそうにする。

「私たちは、かつ栄で会ったのよね」

大吾が大きくうなずく。社長は続けた。

「こういう仕事を請け負ってくれるところがないか、幾之介さんに訊いてたの。テイクアウトのカツ丼を待ってる間に」

大吾は鍵束を持っている右手を肩まであげた。小脇に抱えたごみや、道具類を入れた箱を落とさないようにするから、動きがぎこちなくてコントじみている。

「立候補しちゃいました」

それを見て、社長はぷっと噴いた。

「カウンターで食べてたのよ、若原さんは」

「修にこの辺のうまくて安い店を聞いてたんで、かつ栄にも行ってみたんです」

修くんのお友だちなのね、と社長が小声で納得する間、大吾は間を置いた。

「……って、あの時は二度目だったか……そしたら仕事までいただいちゃって。実においしいです」

「お箸を持った手が、高々と上がったの」

社長はその時のことを思い出したらしく、歯を見せて笑い出した。

大吾のペースに引き込まれ、千春も笑ってしまった。

日に焼けた彼は、身体を使って働く男のたくましさがあり、とても明るい。それから、人の心の奥深くを見つめているような静かな眼差しも持ち合わせていた。それがまた表情に深みを与えて、魅力的に映る。大吾から目を離して笑っていても、千春は胸のうちに彼の視線を感じた。

その場で大吾と別れ、事務所で休憩してから仕事に戻ったが、それでもまだ、大吾の眼差しは消えなかった。

帰宅して一息つき、自分のベッド脇の押し入れを開け、修の衣服を出してみた。黒い塗料が残った靴下やダークグレーのシャツは、洗濯してしまっておいた。うっかり塩素系漂白剤をこぼしてだめにしてしまったと、修には言ってある。

時間が経って、汚れがきれいになるはずもない。ベッドに腰掛けた千春はシャツを膝に置き、ため息をついた。仕事で塗装もするからといって、いつまでも生乾きの塗料が右手の人差し指と中指に残っているものだろうか。落書きを彼が？　そんな馬鹿な——。

インターホンが鳴った。ベッドサイドの時計は九時を回っている。

千春は急いで修の衣服を押し入れに放り込み、玄関へ向かった。ドア越しにどちらさまですかとたずねると、梨花子の母です、突然すみません、と声がした。梨花子の実家は美容院だと聞いている。今日は木曜だから、普通なら美容院は営業したはずで、梨花子の母親は仕事を終えてから来たらしい。千春は、芳しくない用件を覚悟した。ノースリーブのボーダー柄ワンピースだったので、手近にあった薄手の半袖カーディガンを羽織る。

　ドアを開けると、水玉模様のゆったりしたワンピースを着たセミロングの女性が立っており、千春を見た途端に目をぱちくりした。

「あの……修く、いえ、修さんのお母さんで……」

修は梨花子の家に出入りしているらしいから、彼女の家族とも親しげだ。

「はい」

「あっ、ごめんなさい。梨花子から聞いていたんですけど、これほどお若いとは」

急に目を伏せ、ギザギザした生え際をハンカチで拭く。だいぶ年上だ。十代で子供を産んだ千春からすると、同年代の子を持つ母親の多くがそうだ。

　梨花子に似ている、と千春は思った。本当は、似ているのは娘のほうだけれども。髪形や年齢はもちろん違うが、こうしていると、二度会っただけの梨花子がよく思い出せる。彼女は母親より一回り大きいが、生え際の形、トマトの薄皮を張ったように赤い頬、ぽっちゃりして素朴な雰囲気も母親譲りらしい。

　こちらからご挨拶にも伺いませんで、と千春は頭を下げ、散らかっておりますがどうぞ、などと言って客を家の中へ招き入れた。オレンジジュースを出し、紅茶だといういただきものをしてから、狭い家のダイニングテーブルで向かい合った。もしかしたら噂がすっかり広まっていて、十五年前の事件について訊かれるかもしれない。訊かれたら、事実を話すしかない。

ところが、梨花子の母親はダイニングテーブルに両手をついて頭を下げた。

「すみません。娘を許してください」

千春は、どういうことでしょう、とたずねた。

「妊娠なんてしていないんです。嘘なんです」

「嘘……」

梨花子の母親は、ますます小さくなる。ハンカチの上に重ねた両手に額がつきそうだ。

「はい。一昨日かなり酔って帰ったんです。それで、おなかの子にさわるでしょ、と叱ったら、おなかなんか空っぽだと。陽性反応があった妊娠検査薬もあったのにですよ。あれは友だちのもので、病院にも行ってない。そう言ったんです。嘘に嘘を重ねて……修さんと結婚したいばっかりに」

額の汗を拭う彼女を前に、千春はそれほど驚かなかった。むしろ、何となく腑に落ちた。

このマンションの五階から駆け下り、キイマで深酒をする。いくら結婚をめぐって悩んでいるとはいえ、妊娠三か月と知っていてできることだろうか。つわりもないのだろうか。妊娠していると彼女が言った夜、千春は心の片隅で不思議に思ったものだ。おめでとうでいいのよね、と修にメールで訊いたのは、そんな気持ちが残っていたせいもある。

どうして今になって、妊娠が嘘だと彼女は言ったのだろう。酒のせいか、良心の呵責に耐えきれなくなったのか。それとも、結婚したくなくなったのか――。

「あの、このことを修は」

梨花子の母親は、とんでもないといった様子で激しく首を横に振る。

「では、お母さんがここにいらしたことを梨花子さんは」

また首を横に振る。今度は、ゆっくりと。ひどくぎこちない。

十五年前の事件が原因かもしれない。

梨花子がここへ来た日、彼女は体調がよくないとかで早く帰った。あれ以後、修の口から彼女の話はあまり出ない。

千春はオレンジジュースを飲み、しばらく考える。

こんな話を母親二人でするのもどうなんだろう。付き合い続けるか別れるかは、当人同士で決めることだ。たとえ修が傷ついても、母親に肩代わりはできない。過去も消せない。原因が十五年前の事件にあるとしても、それについて話すかどうかは修にゆだねたかった。

氷だけになったグラスをダイニングテーブルに置いた。布製のコースターがすっかり濡れている。

「このお話、私は聴かなかったことにします。どうか梨花子さんから直接、修に」

そんな、と梨花子の母親は顔を跳ね上げた。

「あの子にそんなことは……修さんを好きで、だからこんな嘘を」

「でしたら、なおさら」

「あの子には無理——」

「答えを出すのは、梨花子さんと修ですから」

千春は微笑み、譲らなかった。

紀伊間を思っていた。千春がしたことは梨花子の比ではなかった。それなのにどうして紀伊間は傍らにいてくれたのか。あらためて胸が疼いた。

5

枕元で声がする。短い一言でよく聞こえない。

もう一度声がするかもしれない、と公子は耳を澄ます。ベッドで横になっていて、身体はしびれたように動かず、目はわずかに開くだけ。誰かいる気配がする。汗ばんだ肌と熱い息を間近に感じる。近すぎる。腕や白っぽい服しか見えない。子供だ、それも男の子……。

——寂しい?

どこから入り込んだの、と叫ぼうとする。でも、声が出ない。苦しい。息ができない。くはっ、と夢中で息をしながら目が覚めた。

浅い夢の中と同じように、ベッドの中にいた。空調によって二十七度、湿度五十パーセント、常に清浄に保たれた空気を深く吸い込んで、胸を落ち着かせる。レースカーテンの向こうは庭の緑。ペアガラス越しでも、蟬の声が絶え間なく聞こえる。ここにはダブルベッドが二つ並んでいて、保のほうのベッドは皺一つなく整っており、それがまた公子を安心させた。

一昨日の雨で、公子は風邪を引いた。

おなかにいる健を思うと薬が飲めず、微熱が続いており、常に眠い。ベッドでうとうとすると、永井典人だか壮太だかわからない姿がたびたび浮かぶ。

保は、昨夜から下のゲストルームで寝起きしている。忙しいから風邪なんか引いたら大変よ、と公子が勧めたのだが、実のところ自分が一人になりたかったのだ。舅と姑の部屋も一階だから、二階には他に誰もいない。寝室のバスルームにドラム式洗濯乾燥機と洗濯物が干せる家事スペースがあり、小さな冷蔵庫もあるから、その気になれば、一階に下りないでも過ごせる。

公子は健の重みを感じつつ、仰向けになり、四肢を大の字に延ばした。血がめぐる。解放された気分が手足の先までゆきわたる。こうしていると、結婚以来かなり緊張して過ごしてきたと思い知らされる。

この家には屋敷稲荷があり、少なくとも毎朝舅か、舅がいなければ保か姑が手を合わせる。公子も引っ越した日の午後、保と初めて手を合わせた。紫檀（したん）の大きな仏壇と、神棚にも。朝食時にヤクルトが必ず出され、バターは姑、舅、公子、保の順に回される。女たちのために、男たちはドアを開け、重いものを持つ。姑中心に家が回っており、お母さん、と呼ぶ声が始終している。与党幹事長の名前を思い出せないのは悲しむべき老化であり、新聞に目を通すのは当たり前。いただき物については、どなたから何を、と全員に報告する。姑が詩の朗読を始めると、家族は手を止めて聴き入る。ここで話題に上ったり、引き合わされたりする人々の大半を、公子は知らない。三十五にもなって、まったく別の家の暮らしになじむには、それ相応の我慢と努力がいる。

——寂しい？

聞きたくない声が耳にこだまする。

携帯電話が鳴った。実家からだ。気は進まなかったが、公子は出た。この間放っておいたら、固定電話にかけてきたからだ。あの時は誰だか確かめもせずに開口一番、どうかしたのかと思った、と母は大声で言い、公子は冷や汗をかかされた。

「もしもし」

「どうした？　壮太くんは」

公子にかける場合は名乗らないのが、母の癖になっている。

「元気よ」

他に答えようがない。

電話の向こうで、テレビが騒々しい。母はいつものように昼が遅かったのだろう。つま楊枝をつかっているらしく、歯をシーシー言わせている。鍼灸マッサージ院は先に休憩した父にまかせ、一人で居間に転がっている姿が目に浮かぶ。

「お母さんはね、壮太くんが向こうに連れて行かれてよかったと思ってるよ。いろいろあったけど」

「いろいろね……」

「離婚する時には、あんたも勇ましかったっけ。壮太くんを連れてきちゃって、絶対渡さないって言い張って。たとえ裁判になったって勝てる、なんてさ。ハーグ条約がどうのなんて難しい話まで持ち出して。結局あの時は、あちらさんが折れてくれたからよかったけど。ねえ、少し前にニュースになってたじゃない。日本がハーグ条約を批准するかもしれないって。あれって、どうなったの？　壮太くんのことが宙ぶらりんになってたら他人事じゃ済まなかったのかしらね」

元夫が強引に壮太を連れて行った。公子がそう話したから、誰もがそのように信じている。母も同じだ。

「とにかく、壮太くんにはよかったよ。なんだか、いけ好かないし、そこのお姑さん。とりすましてさ。一緒に暮らすのは大変だよ」

公子は静かに笑った。いけ好かないのはお互いさまだ。ただ、姑は思っても口にしないだけ。

「そりゃ、あんたはいいよ。好きで行ったんだから。でもね、壮太くんは違うからさ。だから、よかったって言ってるの」

私は風邪を引いて寝てるのよ、と公子は言った。思うがまましゃべり続けている母には聞こえなかったようだ。

「さっきもさ、女の子はつまんないってお客さんと言った……ほら、角の板倉さんよ。このところ旦那さんとうちに通ってるの。それで、女の子はつまんないって話になって。いっしょうけんめい育てたって人の家にあげちゃうんだから。板倉さんも女の子が一人きりでしょう。そういう気持ちがわかるわけ」

壮太が生まれる前後も、母からの電話が頻繁になったものだった。母なりに心配しているのはわかるが、公子はてきとうに相槌を打ち、今度はこちらから電話する、電話代も馬鹿にならないから、と言って電話を切った。

ここにいない壮太が、まだ引っ掻き回す。

——寂しい？

公子は傍らのクッションの一つを抱えこみ、顔を埋めた。

目を閉じ、夢想する。大勢でここに暮らすことを。

遊び疲れた壮太が、汗のにおいをさせてベッドに上がってくる。叱ったところで、あの子は聴く耳を持たない。背を向けて犬のように手足を投げ出し、寝息を立て始める。母のけたたましい笑い声が庭から響いてきて、父がとがめるように咳払いする。考えたこともなかったが、壮太には母の血が濃く流れているのかもしれない。シマトリネコの下での食事を八人みんなが気に入り、ダイニングテーブルはそこが定位置になっている——。

眠りに落ち、目覚めたら午後六時になっていた。

熱が下がってきたのか、頭がすっきりしている。外は夕方とは思えない明るさだ。

公子はロング丈の楽なワンピースに着替え、靴下をはき、マスクをしてから一階へ向かった。階段を一段も下りないうちから、姑と保の話し声が聞こえていた。吹き抜けだから、声がよく響く。保は会合へ出る前に、夕食を食べに立ち寄ったようだ。うどんのようなにおいが漂い、ごちそうさま、と保が言っている。

「ちょっと見てこようかな」

「およしなさい。休ませてあげないと。もう少ししたら、私が食事を持っていくから」

「ありがとう。すみません」

「それより……」

「何ですか」

声が低まる。公子は階段の下り口で耳をそばだてた。吹き抜けのリビングは庭に半分突き出た形で建ててあり、その部分が三面ガラス張り。上から見える範囲には、誰もいない。ダイニングルームは踵の方向、階段の裏側だ。普段、境の引戸は開け放ってある。

「ねえ、あの子どこにいるの」

「あの子？」

細い金属製の手すりをつかみ、バレエシューズタイプの室内履きで階段をそっと下りる。ジグザグに折った白い厚紙で二階と一階をつなげたようなシンプルな階段は、みしりとも音がしない。階段を三分の一くらい下りたところで、公子は左の狭い壁に寄った。階段との間に三十センチほど隙間があり、ダイニングの音が反響してよく聞こえる。

「壮太くんよ」

保が湯呑でも置いたのか、ゴトッと鈍い音がした。

「どこも何も、話したとおりですよ」

「見たのよ。一昨日、この家にランドセルの男の子が訪ねてきたの」

「え？」

「公子さんが見送ってたわ。インターホンが鳴らなかったから、お散歩から帰った公子さんと入ったのかしら」

「まさか……」

「あら、だって他にどこの小学生が訪ねてくるの」

「壮太くんはオーストラリア、父親のところなんですよ。父親が強引に連れて行った——」

「と、公子さんが言った。あなたはそれを聞いただけ。私たちもあなたの話を聞いただけ」

いやあ、警察が確認したはずで、と困惑した保の声を最後に、長い沈黙が続いた。

公子は階段をもう少し下りた。そこからは、ガラス越しに玄関アプローチの一部が眺められた。塀の小さいほうの扉は、手前の木が邪魔をして見えない。あの時は急な雨だった。姑は二階の窓を閉めようと階段を上がり、小学生と並んで歩く嫁を見かけたのかもしれない。

「じゃあ、壮太くんはどこにいるんです？　公子の実家ですか」

「公子さんにお訊きなさい。ただし無事出産してから。公子さんはおなかの健を一番に考えているんでしょう。そこは大事にしてあげないと」

公子は寝室に引き返した。

ベッドの足元側の壁際にある、作り付けの机について座る。

ナンバーキー付きのジュエリーケースになっている引き出しの底から、乳白色のクリアファイルを取り出した。中には、木島千春についての調査報告が入っている。十五年前の地元紙の記事のコピーも。花垣公子が噂の的にされる前に、より甘い餌を用意して、あちこちにばらまいた。

これが逆だったら——公子は目の前の白い壁を呆然と見つめる。

今は関係なくなったはずのあの顔この顔が、ぼんやり浮かぶ。

離婚成立前に、五歳の壮太をオーストラリアから連れてきた。

元夫は、壮太をどうしても手放したがらなかった。教師だったが休暇を利用して、日本まで追って来た。ホステスだった公子の職場にまである日はのり込み、誘拐じゃないか、壮太を返せ、と騒いだ。日系だから外見は日本人に近いが、英語なまりの日本語で目立つ。公子は壮太を連れてアパートから一時実家に身を寄せ、次にホステス仲間、さらに客の男を頼った。男とは成り行きで関係を持った。ベッドサイドに気前よく置かれる金銭も受け取った。男には別居中の妻子がいた。金は色あせない、が男の口癖だった。

元夫には職場に恋人がいた。

そういう過去が、今になって公子は恐い。

保と出会った時には、離婚はとうに成立して、住まいも店も変わっていた。妻はホステスだったが真面目で、離婚時に子供をめぐって人並みにもめた程度だと、保は信じている。

公子は、窓に目を転じた。

西日を受けた木々は黄金色に輝いている。レースカーテンや壁が黄色く染まっているように感じ、公子はぎゅっと目を閉じた。

「三郷小学校、永井典人……三郷町七－一……」

壮太はあの子に、何を話したのだろう。

かさかさ、かさかさ。音が聞こえる。夢想する。不用品を示す真四角な黄色い付箋を一枚手に取り、あの子の額にそっと貼る。

V　接触

1

キイマ前の帽子店、AYタクシー前の空き店舗の落書きは消されたが、千春の心の中には黒いしみが残っていた。

――人殺しが！

出社してすぐ、千春は平さんをつかまえた。二人は他の社員から離れて窓辺に寄った。

「斎藤明夫さんは、この頃どうですか」

「ま、相変わらずだな。今日あたり行ってみるよ」

「休憩時間に一緒に行っていいですか。ちょっと調べたいことがあって」

平さんが禿げ上がった頭をなでて、怪訝（けげん）な表情になる。

「いいけど、なんだい？」

「黒のスプレー缶……」

平さんは黙り込み、続きは昼過ぎの中華料理店でとなった。二人とも冷やし中華を啜っている。運送業や建設関係の男たちが忙しく食べては出てゆく。

「心当たりがあるのかい」

「だいぶ、恨まれていると思います。県立美術館の公園で罵(ののし)られました」

平さんは皿の端に残っていた和辛子を全部とく。箸の先が少々いらだっている。人殺しと言われたと説明すれば話は早いが、千春はやめておいた。十五年前の事件を平さんが知っているかどうかはわからないし、自ら触れたくもない。

「私がキイマに出入りしてること、斎藤明夫さんは知ってませんか」

「キイマ？」

平さんが顔を上げた。

「キイマ前の帽子屋にも、似たような落書きが途中まで」

千春はコップの水を使い、テーブルに「人」「メ」と書いてみせる。

「ここでおしまいでしたけど」

面白くもなさそうに平さんが、ふん、と納得する。

「斎藤明夫がキイマを、か……どうかな、知ってるかね」

「平さんは、私が話さなくても知ってましたよね」

「まあな」

息子の話になれば、千春が職場でキイマについてしゃべる場合もある。

それでも平さんは、斎藤明夫を疑う気にはなれないらしい。斎藤明夫へのおみやげに、二人でチャーシューを二分の一本と冷やし中華用の生麵を買う。この麵は、めんつゆをつけてざるうどんのように食べるとおいしい。ドライバー仲間では有名な裏ワザで、千春は斎藤明夫から聞いて知った。

中華料理店から五百メートルほどの無料駐車場にタクシーを移動して停める。ここは河川敷の運動場に隣接し、公衆トイレ付きだ。木陰にトラックやバンがあり、窓を開け放って男たちが昼寝している。

そこから炎天下の坂道をまっすぐ上がった途中に、斎藤明夫が暮らす古びたアパートがあった。二階建て全八戸の一階右隅。下から見ると腰高窓に分厚いカーテンが引いてあり、エアコンの室外機が回っている。道から入って一番奥にある玄関前には、バンパーに派手な傷がついた軽自動車がぽつんと停めてある。近頃動いていないらしく、周囲の草はタイヤに踏まれた形跡がない。

平さんが慣れた様子でノックをした。

案外早く、ドアが開く。中は薄暗い。斎藤明夫は左手でドアを押さえ、素足を片方サンダルに下ろして立っている。顔はふくらみ、身体は痩せていた。薬の副作用でむくんだのかもしれない。

平さんから渡された差し入れを、斎藤明夫は奪うようにして受けとった。白い買い物袋の中を認め、久しぶりだ、とつぶやく。右手に黄色みを帯びた薄い痣がある。人差し指と中指から手の甲にかけて。千春を見ようとはしない。雑多なものが放り込まれた段ボール箱。伏せてある、底が割れた青いバケツ。玄関脇の軒下に置いてあるそんなものと同じ扱いらしい。

「飲んでねえだろうな」

明るくストレートに平さんは訊く。うん、と返事があった。

「ちょっといいか」

「いや……」

「女人禁制かい？　木島は命の恩人だ。感謝しなきゃ」

外壁にアブラゼミが取りつき、やかましく鳴き始めた。

「じゃ、おれだけちょいと」

二つ折りの財布が入っている、ズボンの尻ポケットに手をかけた平さんは室内へ消えた。できるだけ中を探る約束になっている。捨てていいようなこんくらいの箱はあるかい、と訊く声がした。平さんは上がり込んだようだ。

千春は、足元の段ボール箱や伏せてある青いバケツの中を見てみた。スプレー缶はない。ふと目を上げると、アパート側面の隙間から自転車の後輪が少しだけ覗いている。千春は背をかがめて台所の窓下を通り過ぎ、建物の角を曲がった。

黒いスプレー塗料を試した跡が丸く残っていた。錆びた自転車の脇の地面に。前かごには新聞回収用の紙袋があって、ぐしゃっと閉じられている。開けてみると、中には黒い塗料のスプレー缶があった。

「へこんでる……」

他に、指先の部分などに黒い塗料がついた軍手、薄汚れたタオルも入っている。

千春は念のため、ケータイで写真を撮った。平さんにメールして、下の運動場の駐車場へ戻る。

平さんは、五分ほど遅れてやって来た。ドア全開で運転席に座っていた千春を見るなり、あのバカ、と言った。許してやってくれ、というニュアンスが多分に含まれている。

「うちの息子、殴られたんですよ。落書きの現行犯を、帽子屋の前から追いかけて。大したことなかったですけどね」

「そういや、あいつ、右手に直りかけの痣があったな」

唸った平さんは首をもむ。

自分を見上げる千春を見て、やがて怪訝そうな顔になった。

「なんだい。うれしそうだね」

「はっきりしたから」

千春は、にんまりしてみせる。

落書き犯が、若原大吾ではなかった。それで心が軽くなっていた。きっとあの夜、キイマに入る前に、生乾きの黒い塗料を触ってみただけなのだ。

「どうする」

「忘れます。斎藤さんは私を見なかった。あれ、やばいと思ったからでしょ」

平さんは筋の太い手で、千春の頭にとんとんと優しく触れた。まるで、父親が子供にするみたいに。

「そのうち、あいつにも明るい道が見えてくるさ」

国道の下をくぐり、二つ目の信号で別れる。平さんは市街地へ。千春は郊外へ。

中華料理店からのルートを戻ってきただけなのに、同じ道が明るく感じる。この街で走り続けてきた軌跡を思った。地図上に無数に引かれてぐしゃぐしゃのラインが、頭の中でするっとリボンのようにほどけ、一本の道になる。実は一度として、同じ道はなかったのかもしれない。

八時過ぎに仕事を終え、紀伊間の家に寄った。紀伊間の母親が誕生日なので、普段着にいい麻のシャツブラウスを贈り物にして持ってきたのだが、真っ暗だ。玄関の引戸に手をかけると、がらがらと開いた。上がり端に座り込んでいる人影があり、千春は思わずびくっとした。

やだあ、と声を上げて笑い出したのは、紀伊間の母親のほうだ。玄関の明かりを手始めに、廊下、居間、台所と歩いたところに沿って照明がつけられてゆく。ひざ丈のパンツと靴下の間のふくらはぎには、シシャモのような筋肉が浮く。酒屋で長年働いてきた身体だ。がっしりして、見た目に弱々しさはない。

「座り込んで寝てたのかしら、やあね。ご飯食べた?」

「まだなんです。ラーメンあります?」

「あるある」

「じゃ、二人前。私、具を炒めます」

本当は仕事終わりにサンドイッチで軽く済ませてきたが、千春は嘘をついた。

「その前に、これ。お誕生日、おめでとうございます」

明るい水色に真っ白いリボンの包みを、紙袋から出して渡す。

「雰囲気だけティファニー」

「あっらー、いつもありがと」

包みを捧げ持つようにして頭を下げた紀伊間の母親は、居間に戻った。座卓について正座し、丁寧に包みを開ける。麻のシャツブラウスを胸に当てがい、こういうのがほしかった、と喜んでくれる。

「麻なんですよ。涼しいの」

「大事に着るわ」

「ううん。手洗いできるから、普段にじゃんじゃん着てください。おしゃれ着用の洗剤でさっと洗って干せば、しわも気にならないし。実はデザイン違いで、私も持ってるの」

「あら、ほんと。じゃ、じゃんじゃん着る」

シャツブラウスはハンガーにかけられ、丁寧にセロテープがはがされた包みはリボンまで元どおりになり、部屋の隅に飾られた。一番上に包みを立てかけた古い棚の近くには、カレンダーが下がっていて、明日の土曜に丸印があり、「退院10：00」と書いてある。

夕方、紀伊間からタクシーの予約が入った。親父が明日退院になったが急な仕事で行けない、おふくろだけだと心配だから代わりに行ってもらえないか、と千春はメールで頼まれた。他の予約に差し障りがないので、そうすることになっている。

「明日よろしくね、千春ちゃん」

「はい。九時半にはここに来ますから」

あの玄関の暗がりにいて、どんな遠くまで行ってたんですか——千春は心の中で問いかけるだけにして、台所に入り、冷蔵庫の野菜室を開ける。

2

ＪＲ駅東口にある家電量販店で、不良品の人感センサー付きＬＥＤ電球を交換してきた。駅構内を二階の通路から抜けた修は、夜の空中歩道で足を止める。

眼下にはバスターミナル、それから駅のロータリー。近くにはタクシー乗り場もある。目の端には、ベンチでいちゃつくカップルやギター一本で歌う若いやつがいる。多方向に伸びてビルや立体駐車場の二階にもつながる空中歩道は、公園みたいなものだ。

頻繁な大雨で街は磨かれ、深い色をした空もいつもの夏より透明感がある。熱い風がシャツの中を抜けてゆく。気温二十九度、湿度六十九パーセント、二十時一分。商業ビルのデジタル表示が教える。金曜のキイマはこれから混んでくる。わかっているが、修はもう少し風に吹かれていたかった。銀色の手すりに腕を平らに置き、そこに顎をのせる。

手の中でスマホが振動したが、また梨花子ではなく、若原大吾からだ。コール五回で切れる。

「勘弁してくれよ」

梨花子は修の電話に出ず、修は大吾の電話に出ない。メールも一方通行のまま。

修としては、梨花子に十五年前の事件について言いたくはないし、大吾には本当のことを打ち明けなければならない。だが、どっちもきつい。結婚は一体どっちが望んでいたのかわからないような状態で、男の付き合いも悲惨なありさまだ。かといって、逃げ出す術もない。

修はスマホを操作して、行ってみたい場所の画像を表示する。丹後半島の真っ青な海。瀬戸内海の赤土と緑の島々。神戸掬星台（きくせいだい）からの夜景。東南アジアからインドにかけての活気づく街。東欧の田園風景。イタリアのアッシジ、レモンと白い迷路のアマルフィ。アメリカ西海岸のナパバレー、コンパクトで美しいカーメル。カナダ以北の厳しい寒さの街。それから南極大陸。画面に、次々現れる。ここから西へ向かい、ぐるっと地球を一回りする長い旅のルート。画像は全部で三十を超えた。新しいものは、適宜その間に挟み込む。

顎の髭で腕の皮膚を刺激する。相変わらず故郷に暮らす自分を、確認する。出られないのか、出るのが恐いのか、わからなくなる。

頭上を赤い光を点けた飛行機が飛んでゆく。

「出ろよ」

修はぎくっとした。ポンと軽いもので叩かれた感触が、左肩に残っている。恐る恐る左に首をねじってみると、大吾が立っていた。黒の長袖長ズボン、作業用具が詰まったズダ袋やまとめたロープを肩にかけ、いかにも仕事帰りだ。手には、丸めたモスグリーンの分厚い布のようなものを持っている。布の取っ手がついた、帆布製バッグだ。どうもそれで肩を叩かれたらしい。

大吾の背後にある、上階がホテルになっているビルにも空中歩道がつながっている。どこから来たんだ――修はそのビルを見上げた。

修の視線をたどった大吾は、

「そ。スカイホテルの屋上庭園で仕事してきた。知り合いの造園会社が人手不足で声かけてくれたんだ。ま、バイトみたいなもんさ」

と明るく言って、どさっと荷物を下ろし、空中歩道の手すりに両肘をかけてよりかかる。隣だが、修の身体は北、大吾の身体は南を向いている。

「その……悪かった。梨花子からの電話、待っててさ」

紀伊間酒店にいた女が梨花子で、妊娠を機に結婚する予定だということは、修が話してある。

「なんだ。けんかしたのか」

大吾がぐいっと身体をそらせて、修の顔を覗き込んだ。疑われているのだろうと修は一瞬身構えたが、大吾の瞳は笑っている。汗と埃と草のにおいがする。

大吾は高々と両手を上げて伸びをした。

「女はめんどくせえな」

「ああ、めんどくせえ」

「明日、キイマ会に行くからさ」

大吾は飲むなら、一晩四百円の駐車場に予め車を置き、この近くに二人いる知人のどちらかのアパートに転がり込んで寝る。片方は女だ。住まいであるアパートは、運転代行を頼むと四千円は軽く取られる場所にある。無料駐車場二台分、物置き付きで、家賃は月八千円。排水漏れ、渋い戸と始終何かしら自分で修理する代物だが、安い広いで引っ越す気にならないらしい。

「おーい、聞いてんの?」

修は大吾の十五年、いや、生まれてからこれまでの二十五年を考えていた。自分の存在が親にとって重荷なんじゃないか。そういう恐れを抱いて、子供時代を過ごした。この男も同じかもしれない。肝心なことを黙っているなんて、ひどい裏切りのようで、これ以上できそうになかった。

「木島っていうんだ、おれ」

下のバス停から、バスが発車した。修は顔を上げて、大吾を直視した。

「木島修。母親は、木島千春。わかるか?」

耳を通り抜けていった言葉の残像を探すかのように、大吾の瞳は動いた。

ギターが止んで、拍手がまばらに聞こえる。

口をとがらせた大吾は、にやりと笑い、それから真顔になった。これまでの出来事を反芻しているのか、顔をもみ、視線は遠くさまよう。

やがてロープとズダ袋を肩に担ぎ、きちんと姿勢を正して深く頭を下げた。ほとんど直角に。

「親父が申し訳なかった」

修は向き直った。

「おふくろは、親父さんを殺した」

大吾は顔を上げた。初めて見た大吾の厳しい表情に、修はひるんだ。

「木島さんは被害者だ」

風の中に、あの夜の雨音が聞こえてくる。修は、浮かんでくるおぼろげな記憶を無理に遠ざけはしない。ぬかるみから立ち上がった千春を空き地の外から見ている。電柱の陰から動けない。興奮した男がいる異様な光景に呑まれている。男は財布を開ける。千春はよろける。男が嘲笑う。千春が急に腰を折って前かがみになる。早く逃げて、と叫ぼうにも声にならない。男の頭めがけて振り下ろされる腕。恐ろしくて目を閉じる――。

「他にどうにか……できたかもしれない」

大吾は顔をしかめた。顔色が変わっている。

「憐れみか」

「お幸せなやつは、すぐそういう態度をとる」

「違――」

「だから、違うって――」

修は胸座をつかまれた。シャツの襟がキリキリと締まる。頸動脈が圧迫され、こめかみがズンズン脈打つ。大吾の息が顔にかかる。

「いいか……おれは、ほっとした。親父が死んでほっとしたんだよっ」

修は突き飛ばされた。空中歩道の手すりにしたたか背中を打った。夢中で呼吸する。息が苦しくて目に涙が滲む。大吾の目も潤んでいたように見えたが、見間違いかもしれない。足元に、ＬＥＤ電球が転がっている。モスグリーンの帆布製バッグも。

大吾は一番近くの階段を下り、街に消えてゆく。

3

夜になってもろくに気温が下がらないからか、ロングカクテルとビールがよく出る。往復十分の用事を三倍もかけて戻ってきた修を、紀伊間は叱らなかった。むしろ、あと一時間ばかり長く出かけてもらったほうが、よかったくらいだ。カウンターには梨花子がいる。梨花子に気づく前から修の様子はいささかおかしかったが、隠したところで始まらない。紀伊間は客に背を向け、カウンター内に入って来た修を隣に呼んだ。

「嘘だったとさ」

風邪でも引いたような目をして、修が訊く。

「何が」

「妊娠」

修はしばらく沈黙したあと、おかしいと思ったんだ、と言った。その様子には、腹立たしさも何もない。肩越しに、乾いた眼差しで梨花子をにらむ。彼女は、にらみ返して黒ビールをあおる。目が据わっている。ここに来た時から酔っていた。

修のシャツの襟元にはひどい皺があり、首には赤い筋が残っている。

紀伊間の視線を捕らえた修が、大吾に会った、と言った。

「おふくろのフルネーム言ったら通じた」

「殴られたのか」

初めて修の顔がゆるんだ。

「頭下げて謝られたよ。親父が申し訳なかった、って」

修は自分のシャツの襟をつかみ、これはおれが余計なことを言ったから、と付け加える。

「明日のキイマ会、客が一人減っちまったかも」

紀伊間は修の横顔を見つめる。修も若原大吾も、相当傷ついたのだろう。子供時代の泣き出す寸前の表情が、修の顔に見え隠れする。子供は親と一緒に生きている。年端もいかないからといって、何もわからないわけではない。紀伊間は自分自身の子供時代を振り返った。婿として入ったものの経営に向かない父親。商売に厳しかった祖父。どちらにも気を遣って板挟みの母親。勉強は猿の芸のようなものだった。息子の成績がいいと家族みんなが喜んだ。結果的に、身についた学力は家を出るパスポートになった。父親の苦しみの一端が自分にあるなんて、店を継ぐまで考えてもみなかった。カウンセリングもする医者のカルテには、「できる息子の存在が重い」と書いてあった。さすがにあれは、今思い出しても胸が痛む。

「それはそうと、どうする彼女」

「どうするって……あの状態で話して、なんか実りある？」

まぶされた笑いが、力なくかすれている。

「また熱唱されてもなんだしな。送ってくる」

紀伊間は黒のロングエプロンを外し、梨花子を外に連れ出した。彼女は小さく薄っぺらなバッグを斜めがけにして、案外おとなしく従った。もっとも、修と一対一になりたくなくてバーに現れたわけだから、用が済んで帰るタイミングを計っていたのかもしれない。

金曜とあって、いつもより人通りが多い。

彼女が車を停めたという自走式の立体駐車場に向かい、紀伊間は携帯電話で運転代行を頼んだ。二十分くらい待つそうだ、と伝える。先を行く梨花子はふらふらしながら一度向き直り、ラジャー、と返事をして、ピンと伸ばした右手をこめかみに当て敬礼した。

強い風が時々、レモン色のワンピースを提灯のように大きくふくらませる。そのたびに彼女は両腕で服を押さえ、はらんだ風を追い出す。調子っぱずれな、はしゃぎ方だ。

広い通りのレンガ敷きふうに整備された歩道へ出ると、車道に近い端にあるベンチにどさっと座り込んだ。

紀伊間も立ち止まり、金属製でしゃれた作りの背もたれに手をつく。右の方に座っている彼女の長い髪が風になびき、紀伊間の腕をくすぐる。

「わらし、ふつーがいー」

だいぶ、ろれつがあやしい。

「普通?」

恋愛して、結婚して、子供ができて、孫も生まれて、おばあちゃんになって、といった意味のことを梨花子は答える。両足を投げ出し、ワンピースのポケットに両手を突っ込んで、腹の辺りをふかふかさせている。目の前は二車線道路で、向こう側は営業を終えたデパートや明かりのついたイタリアンレストランだ。

梨花子の頭がぐらっと右に傾く。

「あり得ないってー」

そうつぶやいた彼女は、くしゃくしゃの紙を道に向かって投げた。はずれクジでも放るみたいに。ポケットの中に入っていたのだろう紙くずは、風にのって歩道に戻ってくる。紀伊間が拾ってみると、それは十五年前の事件の記事だった。地元紙のコピーだ。図書館に行けば、捜し出すのはわけない。梨花子のために、お母さん、と優しげな文字で書き添えてある。

「あり得ない、か」

梨花子がとろんとした眼差しを向けてくる。

「よく見てごらん」

焦点の合わない瞳を、紀伊間は見つめる。

「これはすぐそこにあったことだ。いや、今もある。きみが大好きだった修の足元に。この地べたの上に」

日本語なのに通じやしない。その予感はたっぷりあるが、まあ、言ってみるのだ。

やがて梨花子が、いみふめー、と言ってくすくすと笑った。紀伊間も微笑む。

駐車場に行って運転代行がやって来るまで、彼女は時々ひとり笑いした。

紀伊間はその間、若かった頃の千春を思い出していた。

千春はたいていジーンズ姿で化粧もろくにしなかったが、きれいだった。北欧の雪原でみかけた狐のように、敏感で雄々しかった。生き抜こうと張りつめていた。そのぎりぎりを、若原映二は刺激した。やじ馬の中にいた修は、泣きもせずに母親を見つめていた。

——逃げられたのに……。

あの事件は不運としか言いようがない。

雨に濡れ、泥をかぶった千春が空き地の真ん中にいた。周囲は警察、道端にはやじ馬。五十を過ぎた紀伊間の掌に、修の口をふさいだ時の熱い息の感触がよみがえる。

——どうかな。難しかったと思うよ。簡単に逃げられやしないさ。だから戦ったんだ。わかったか？　さあ、千春のところへ行って。そうして大きな声で言うんだ。お母さん早く帰ろうよ、って。おまえが千春を守るんだ。できるな。

ここは、あの時と地続きだが、思ってもみなかった未来だ。

いくらかましね。千春なら、そう言うかもしれない。

さっき梨花子が腰かけていたベンチのところまで戻ると、メールが入った。魚住からだ。

《明日キイマ会に行く。今、神楽坂。これから坂本氏らと2軒目》

紀伊間はバーに戻りながら、電話してみる。

魚住はご機嫌だ。キイマ会の講師であるウクライナの科学者、それから通訳として付き添ってくる准教授に、人を介して偶然会い、話が尽きないらしい。

「明日、あの美人、笑顔の女神様はいらっしゃるかい？」

「来るようなことを前回言ってたよ。目当てはそれか」

魚住が愉快そうに笑う。

「美声の彼女のほうは？　ほら、恨みまーす、の」

「さあな。今、帰ったばかりだ」

昔を思い出していた。日本から西に向かって旅をした末に、アメリカ西海岸を北上した時のことだ。車を降り、こんなふうに強い風が吹く海岸を歩いた。金がなくなってきたから、また京都へ帰ってバイトするか、それともハワイの知人のところで小遣い稼ぎをするか考えていた。海鳥が黒く点々と飛び、長い浜辺にはゴミと海藻が打ち上げられている。子供を連れた女がいて、彼女とは関係なさそうな薄汚れた年寄りが何かを拾い集めている。海も空も灰色だったが、二つがぶつかる辺りはオレンジ色に光っていた。ここはどこなんだ、と思った。金の心配をし、明日はわからず、自由は砂の上。立っている場所はアメリカであり、通り過ぎてきた異国の街であり、生まれ故郷でもあった。何も特別なことなんかありはしない。見知らぬ街に出かけて、少し暮らして慣れて、また別の街を訪ねる。その繰り返しの末に、金と時間を使ってまったくばかばかしい話だが、心からそう感じた。ろくな知らせをよこさない故郷に帰る気になった。あの傾いた酒屋が「世界」なんだ。車に戻る足どりは、妙な確信に満ちていた——。

ずいぶん意気込んでいたものだ。

だが、実際、それが間違っていたとも思わない。

耳がかゆいとぶつくさ言い出した魚住に、いいことがあるぞ、と紀伊間は言ってやる。千春からの受け売りだ。

「おっと、ラッキー」

キイマまでの数分、魚住と神楽坂を歩く。

4

Tシャツとカラフルなステテコという寝間着姿で、修が胡桃(くるみ)パンにバターを塗っている。

「おふくろ、結婚は白紙になった。妊娠は嘘だったんだ」

そう、と千春は答え、オレンジジュースを飲む。変な芝居をしてもしょうがない。

修は胡桃パンを口元まで持っていったが、手を止めた。

「あのさ、もうちょっと驚かないの」

「深酒はする、そこの階段は駆け下りる。なんか納得しちゃった。悪いけど」

修が気の抜けた表情で、胡桃パンを頰張る。強引なやり方で結婚しようとした彼女が、なぜ急に嘘をついたと告白したの。そんな質問が出た場合のはぐらかし方でも考えていたのだろうか。昔の事件に触れなくて済む、ちょっとした工夫を含めて。

「梨花子さんに会ったわけ？」

「昨夜、キイマに来た」

千春は昨夜早めにベッドに入り、修が帰った物音をうとうとしつつ聞いただけだった。

「紀伊間には言った？」

「うん。ってか、紀伊間から聞かされたんだ、おれ」

「梨花子さんは？」

「カウンターにいた」

「話さなかったの？」

「うん」

「まったく？」

「一言も」

「なんか変じゃない？」

修がフォークを持って首を傾げる。

「言えてる」

目が合ったら可笑しくなって、千春はオレンジジュースが飲めなくなってしまった。修もこらえていたが、笑い始める。笑いが笑いを呼んで、涙目になる。おふくろが木島千春なんだと若原大吾に言った、という話は出ない。その件は紀伊間からメールで知らされたのだが、千春も黙っていた。ミルクティー、オレンジジュース、胡桃パン、スクランブルエッグ、プチトマトとブロッコリーのサラダ。上等な朝じゃないの、と千春は思う。鉄筋を振り下ろす夢を今朝も見たが、それでも修と囲むテーブルはまぶしい。

タクシーの中から眺める街も、目が痛いほどだ。

肌に刺さるような夏の陽射し。まだ八時過ぎなのに三十度を超えている。

駅前の数年間空き地だった一画に、ビル建設工事の大型クレーンが入った。路面電車復活を呼びかけるポスターが張られ、夏祭りの提灯飾りがかけられてゆく。長いことシャッターが閉まっていた店舗が更地になり、交差点の角にガールズバーがオープンしている。ビルの窓が青空を映し、街路樹の葉が白く輝く。同じ道で、昨日とは違う街を走り抜ける。

「こんな目立つところにガールズバーができてるー」

久し振りの客が乗っている。東京に暮らす女子大生だ。高校卒業までキッズタクシーの会員だった。今も時々、千春を指名してタクシーに乗る。花火は見れるかと千春がたずねると、もちろん見る、お盆過ぎまでうちにいるの、と元気な返事が返ってくる。デパ地下で初めてアルバイトをした、女の子四人で台湾旅行をしてきた、とあれこれ話してくれる。千春はハンドルを握り、親戚のおばさんみたいな気持ちで相槌を打つ。

郊外で女子大生を降ろし、市街地へ戻って紀伊間の母親を乗せ、高前病院に到着した。

受付に近づきながら、紀伊間の母親が言う。

「ねえ、千春ちゃん。一志の婚約者ってことにしていい？」

千春がどきりとして、なぜという顔を向けたら、

「親族以外立ち入り禁止なんだけど、病棟に入ってほしいのよ。私が先生と話す間に、荷物確認して書類書いてくれるとありがたいの。そうじゃないと時間が倍かかるから。ほら、いつもは一志がやってくれるんだけど」

と、説明がされた。

「おじさんが変に思いませんか」

「今朝、言ってある。お父さんが電話かけてきたから。もしかするとそうするかもしれない、話を合わせてねって。理解できてると思うわ」

それならいいですよ、と答えたものの、千春は気乗りがしない。紀伊間があとで聞いてどう思うかとも思う。それに、鍵付きの扉を越えてあの病棟に入ること自体に、抵抗

を感じる。

だが、看護師に促されるまま病棟内へ入り、広い食堂で荷物確認を始めると、別に思ったほどのことはなかった。表面的には他の病棟よりも元気に見える患者が多いし、あちこちの人の輪からおしゃべりや笑い声が聞こえてくる。はっきり言って、患者と見舞客の区別がつかない。

紀伊間の父親は長テーブルの向かいに座り、入院した日を思えばだいぶすっきりした顔つきをしている。十二針縫った右手の傷も、包帯は取れている。白いポロシャツとベージュ色のズボン。院内で散髪も済ませてある。ぎこちない笑みを浮かべ、悪いね、と頭を下げる。アルコールさえなければ、と千春はつい思ってしまう。近寄ってきた女性が突然、お化粧上手ね、と千春に話しかけてきたが、邪魔をしないよう看護師が毅然とした態度で求める。利用する時以外ナースステーションに預けておく電気カミソリがなく、返してもらって、持ち帰る荷物が整った。大型のボストンバッグと手提げの紙袋二つ。千春は別室で書類数枚を記入し、先に荷物をタクシーに載せて戻る。

思いのほか医師との面談は長引いているらしく、まだ紀伊間の父親は一人だ。

食堂ではなく、通路の窓辺に片足を引き上げて座り、外を眺めている。ひどく孤独に見え、隣に座るのが憚られたほどだった。

「外は暑いかい」

「暑いですよ。もう三十度超えてます」

「ここは、室温が年中一定だからね。季節の変わり方が不思議なんだよ。テレビでも眺めてるようなもんだ。風は吹かないし、土砂降りだって関係ない。窓が全然開かないから」

以前から、素面の彼とならニ人きりでも居心地は悪くない。

千春は窓辺に深く座り直し、足をぶらぶらさせる。紀伊間の父親がはまり込んでいる穴より、もっと深い穴に十五年前の自分は落ちていたような気がする。抜け出たのだが、どんな穴だったのかろくに振り返りもせず、あらかた忘れてさえいた時期もあった。

「こんな日が来るんだな」

言った紀伊間の父親は表情を変えるでもなく、まぶしそうに外を見ている。目尻にたくさんよる細かい皺は、息子の紀伊間にもある。

ふいに、千春の胸の中で何かが弾けた。

こういう未来を若原映二から奪ってしまったんだ、と初めて実感した。

入院前は意思疎通すらうまくいかなくなっていた人と、こうして話している。明日がわからなかった自分が、今日も修と暮らしている。若原映二が生きられたら、こんなふうに息子の大吾と話したかもしれない。

千春はいたたまれなくなった。奪ったのは、若原映二の命だけでなく、未来だった。

どう行くか選べたものを、完全に道を断ってしまった。土砂降りの中で遭遇したのは？男？　違う。あれは他人じゃない。どうしようもない自分自身――。

「千春ちゃん？」

千春は我に返った。目の前に紀伊間の母親が薬を持って立っており、紀伊間の父親も窓辺から下り、鍵を持った看護師が待つ病棟の出口へ向かっている。

「これからは内科にも通院。肝機能が落ちてるんだって」

「そうなんですか」

「考えてみれば、丈夫な肝臓よね。今までもったんだもの」

紀伊間の父親がふらつきながらも自力で歩き、看護師と先に病棟の外に出るのを見て、二人で静かに笑う。

「ほんとはね。今度ばかりは、こっち側へ戻れないかもしれないって言われてたの。ありがたいと思わなくちゃ」

今日、紀伊間の母親は昨日千春が贈った、麻のシャツブラウスを着ている。ごく薄いピンク色。見るだけでも明るくなれそうな色を、千春は選んだ。

婚約者だった世界は、分厚い扉が閉まって消え失せる。

病院の端にある専門病棟から出ると、そこは精神科の受付と外来だ。フロアの大半を埋める長椅子で大勢が診察を待っている。

「千春ちゃん、入館証ちょうだい。返すから」

千春は首に提げていた専門病棟の入館証を、受付に向かう紀伊間の母親に渡した。視線を感じて顔を向けると、斎藤明夫が立っていた。退館手続きを待って、紀伊間の父親は手近な長椅子に腰かける。

通院ですか、と千春が訊くと、斎藤明夫は小さくうなずく。紀伊間の母親が戻って、お待たせ、と言ってから、斎藤明夫に会釈した。

「お知り合い？」

「職場でお世話になったんです。ほら、おばさんのとこにも持っていったでしょう。冷やし中華の麺だけ。あの食べ方を教えてくれた先輩」

紀伊間の母親は、ぱあっと表情を明るくした。

「つけ麺の！　あれ、おいしかった」

あのうまさに感謝するみたいに、もう一度会釈する。斎藤明夫は硬い表情のまま、会釈を返す。紀伊間の父親が立ち上がったので、お大事に、と千春は斎藤明夫に言って別れた。ガラスの自動ドアが開いても、視線がついてくるのを感じる。

駐車場枠から出したタクシーのバックミラーに、外へ飛び出してきた斎藤明夫の姿が映った。建物前のロータリーの真ん中にある植え込みの向こうだ。

道路に出る手前で一時停止した千春は、運転席の窓を開けて顔を出した。何か怒鳴ったようだが、斜め前の道路工事がうるさくて聞こえない。

「どうかしたの、千春ちゃん」

「いえ」

聞こえなくて幸せなのかもしれない——千春は軽く手を上げて応えた。同僚ドライバーとすれ違う時のように。

5

高前市三郷町七-一。カーナビが目的地に着いたと知らせる。

永井典人の自宅は閑静な住宅街にある、コンクリート打ちっぱなしの堅牢な住宅だ。スチールパイプの素通しシャッターがついたガレージが棟続きにあり、車は出払っている。永井典人はガレージ前で待っていることが多いが、今日はまだいない。

千春は、前の道から敷地に車体の左半分を入れて、タクシーのエンジンを切る。午後六時五十五分。予約は七時。陽が落ちた空は夕焼けと黒い雨雲がせめぎ合っていて、少し開けた窓から入ってくる風に雨のにおいがする。

永井典人は夏休み中だ。一人で留守番して、今日は七時半からのキイマ会に出かけ、土曜でも仕事だった母親と落ち合う予定だ。彼女は原発事故や被曝に関する実情についても、昆虫の面白さとほぼ同等の扱いで、機会あるごとに息子と学んでいる。

平さんからメールが入った。

《斎藤明夫から伝言　悪かった　馬鹿にされてると思ってた》

へえ、と千春は声に出した。

病院の正面玄関から飛び出してきた斎藤明夫を思い出すと、そんなふうに怒鳴っていたような気もする。

返信はあとにしてタクシーを降り、インターホンを鳴らす。

「悪かった、か……」

雲間から覗く星を見上げ、千春は一つ息を吐く。住宅街はしだいに暗くなり、家々の明かりが目立ってくる。永井家の外灯もついた。インターホンに応答がない。

「暗い……」

千春は、室内が真っ暗であることに気づいた。

玄関ドアの横にはセキュリティパネルがあり、緑色の小さなランプが二つ点灯している。外から鍵をかけ、留守中のセキュリティをオンにした状態を示しているのだ。

千春は、もう一度インターホンを押し、永井典人に呼びかけた。

永井典人は、壮太と性格が全然違う。いつも時間前から、約束の場所に立って待っている。

向かいの家で物音がした。二階のベランダに干してあったスリッパを取り込んでいる住人がいる。

何回か挨拶をしたことがあるので、千春は頭を下げた。

「こんばんは。すみませんが、典人くんを見ませんでしたか」

「そちらの裏の方へ歩いて行きましたよ。五分くらい前かしら」

「どうも」

女性が指し示す方の道へ、徒歩で入ってみる。予約の七時を過ぎている。

軽自動車が千春を照らして追い越し、向こうからライトを点灯したバイクが来た。まっすぐな道に歩行者は一人いるが、大人だ。

どこへ行っちゃったの――じわり、全身にいやな汗がにじむ。千春は走った。その道を往復し、十字路があるたびに左右の道を見る。空いている小窓から水を使う音がする。夕飯のにおいがする。犬が吠え立てる。いない、いない、いない。タクシーに戻っても、やはり永井典人はいない。

千春は社に電話をかける。勤め先からキイマ会に直行する母親に、連絡をとるために。

――人殺しが！

芝の上に赤いボールが弾む。壁の落書き、ネット上の書き込み、若原大吾、花垣公子、壮太、土砂降りの記憶。千春は、押し寄せてくる不安を振り払う。

Ⅵ　道

1

　AYタクシーから折り返しの電話が来た。木島さん、と呼びかける女子社員の声は落ち着いている。

「お母さんが驚いていらして。自宅に電話しても出ないし、お母さんの携帯電話には六時五十二分にセキュリティシステムが外出モードで作動したと表示されたそうです。それから、典人くんはやっぱり今も携帯電話を持っていませんでした」

　千春は運転席から、永井典人のひっそりした自宅を見やった。

「私がここに来る直前に、典人くんは鍵を閉めて表に出たのね」

「それで自宅の裏の方へ歩いて行った。やっぱり、出かける予定を忘れたとしか……」

　向かいの女性が見ていたことは、社を通じて母親にも報告してある。

「予定を忘れたなんて、ちょっと考えられないわ。とてもしっかりしているの」

「お母さんもそうおっしゃっていました。心当たりに連絡をとってみるそうです」

「車でこの周辺を捜したいけど」

社長が電話を代わった。話を聞いていたらしく、そうしてちょうだい、と言う。しかし、このあと千春には別の予約が入っている。

「七時半に予約が。どうにかなりますか」

「あっ、そうね。ちょっと待って」

電話がいったん保留になり、また女子社員が電話に出た。

「ベテラン新人さんが、任せてください、だそうです」

初日に千春が同乗した、元バス運転手だった新人が代わりに行ってくれるらしい。

「すみません。よろしく。それから、キイマには私から連絡しておきます。典人くんが行ったらすぐ連絡をくれるように」

「わかりました。キイマ会が始まる七時三十分が一つの目安ですかね」

「そうね。じゃ」

励まされる思いで千春は電話を切り、すかさず修に電話をかける。二か月と経たないうちに、木島千春が迎えに行った子供がまたいなくなった。それが誰の胸にも引っかかっているはずだが、今どう対処するかが最優先に考えられていた。

とはいえ、千春自身の不安は消えない。

　壮太と自分に無関係ではないような、そんな予感がする。壮太がいなくなった日の午前中、永井典人は何か言おうとしていた。単に、あの日の夕方何が起こるか予測がついていただけではないのかもしれない。

　長いコールの末に、修はやっと電話に出た。永井典人がいなくなったという話を聞き、マジかよ、と声を低める。やたら賢そうな眼鏡のボクだよな、と話は通じた。キイマ会に参加する親子はそう多くないから目立つ。

　万が一のためにエムラジオに協力をお願いしておいて、と千春は頼んだ。悪ガキ壮太の一件で学んだことは多い。

「キイマ会が始まる忙しい時に悪いけど」

「平気だよ。紀伊間に段取ってもらう」

「それから、永井典人くんが行ったらすぐ私に連絡ちょうだい」

「わかった。運転、気をつけて」

　七時二十分までタクシーで永井家周辺を捜しまわったが、手がかりはなく、千春はキイマへ出向いた。

　キイマ会は始まっており、奥の階段棚の前に座面が高いスツールが二つあって、講師と通訳が並んでいる。カウンターの向こう端には、先月講師でやって来た魚住がいて、千春に向かってグラスを上げる。幾之介さんや、笑顔が美しい例の美人もいる。ぱっと見は、仕事帰りにジャズでも聞きに来たような客層。ほぼ満席だ。トレーを持った修が、客の間から首を横に振る。永井典人本人はもちろん、母親も来ていない。

千春は邪魔にならないようにカウンターの入口に近い側に行って、紀伊間から水を一杯もらった。

「エムラジオはOKだ」

「ありがとう。参ったわ」

「まったくだな。ああ、ちょっと待て。何か腹に入れるものを持ってけよ」

紀伊間が屈んで下の棚を開ける。

と、彼の真後ろの階段棚に、千春は目を止めた。端に、丸めたモスグリーンの布が立っている。中央の五センチ角くらいの白っぽい部分には、尻尾がぐるぐる巻きの、真上から見たかわいらしいヤモリのプリント。見覚えがある。立ち上がった紀伊間にそれを取ってもらって広げた。どう見ても、壮太が持っていた帆布製の手提げバッグと同じものに見える。

「どうしたの、これ」

そばの客が咳払いする。千春はすみませんと詫び、いっそう声をひそめた。紀伊間がカウンターに片手をついて身をのり出してくる。

「若原大吾の落し物。修が拾ったんだ」

「若原？」

思わぬ名前が出て、千春は面喰った。若原大吾、永井典人、花垣壮太。三人をつなぐのは、まさしく自分自身だ。

「どうなってるの。壮太くんがこれと同じものを持ってたのよ」

手提げバッグの中を見てみると、小さなタグに「そうた」と黒いペンで書いてある。

覗き込んだ紀伊間と、千春は頭をぶつけてしまった。二人して額をさする。

その時、車載用の携帯電話にＡＹタクシーからメールが入った。

《永井典人くんは大人と一緒の模様。お母さんが帰宅してご近所から聞きました。大人は黒っぽいハット着用、性別不明。車の陰から見たので、先に行く男の子しかよくわからなかったらしいです。》

「典人くんは先を歩いてた……」

メールを間に置いて、千春は紀伊間と目を見交わした。

「大人と一緒って……誰かしら」

「二人は顔見知りか」

「前に一回でも話せば、顔見知りよね」

十五年前の事件で傷ついた子供、おかしな噂を残してこの街から消えた小学生、どこ

公子の正面に落ち着いた。

「何があったのか、私には聞く権利があるでしょう？」

窓には依然、激しい雨が打ちつけている。一つのティーポットから紅茶を注ぎ、ミルクや砂糖を譲り合う間に、永井典人が話し出した。

「僕が全部計画したんだ」

「全部って？」

千春は訊き、公子が疲れたような眼差しを少年に向ける。

「壮太くんの家出」

家出とは、一体どういうことだろう。

「あれは家出だったの？……壮太くんは今どこ？」

「オーストラリアのシドニー」

「なら……お父さんがどうしてもと引き取ったんじゃないの？」

千春は永井典人にたずねたようで、実際は公子に訊いているのだった。

公子は無言だ。昨日今日知ったという様子ではない。洗い立ての髪をかき上げた左手の薬指には、結婚指輪と婚約指輪だろう、重ねづけされた美しいリングが光る。

千春の質問に答えたのは、永井典人だった。

「神隠しに遭ったみたいに消えちゃったら、壮太くんのお母さんが驚くと思ったんだ。

驚いて……寂しくなって……やっぱり壮太くんが大事だってわかって、一緒じゃなきゃいやだって思って、オーストラリアまで連れ戻しに行くって。昔、離婚する時に、壮太は絶対渡さないって戦ったみたいに」

公子は両手で顔を覆い、うつむいてしまった。

「壮太くんのお父さんは、いつでもオーストラリアにおいで、って壮太くんにずっと前から言ってた。部屋だって用意してあるし、留学だって大歓迎だって」

「どうやって連絡を取り合ったの？」

「僕のタブレット型端末。日本語でメールしてた。僕も壮太くんの代わりにメールを打ったりした。ばれたら行けなくなっちゃうから、お父さんと合流してから、家出したってお母さんに言うことにするとか、そういうのを。即ＯＫだった。壮太くんを学校の近くまで迎えに来てくれて、夜は東京駅の近くのビジネスホテルにいたんだよ」

大人たちが青ざめていた間、この子と壮太は自分たちの計画を着々と実行していたのだ。今となっては怒る気もせず、千春はむしろ感心してしまった。家出がタクシードライバーの過去を掘り起こし、落書きやら、パソコンやケータイを通じての誹謗中傷やらへと波及するなんて、少年たちは想像もしなかったのだろう。だが、千春は誰を責めようもない。元をたどれば自分に原因があるのだから。

一応、千春が訊いてみると、壮太の名でエムラジオに曲をリクエストしたのも永井典人だった。

公子が顔を上げた。

「私のケータイは、マンションのメールボックスの中にあったわ。こう、上面のところにガムテープで張り付けて」

彼女は目の高さに手を上げ、手のひらを上に向けた。

「あの朝、ケータイは家にあったの。だから、壮太の仕業だって思った。連絡がついた時には、壮太は父親と日本を発つところだったのよ」

「ケータイを隠したのは、計画を実行する前に壮太くんのご両親が連絡を取り合ってしまったら、効果がなくなるからね?」

千春の問いかけに、永井典人はうなずいた。

「お母さんは寂しくて我慢できなくなる……って、僕言っちゃったんだ。壮太くんは、そんなことあり得ないって言ってたけど。だから、全部僕が悪いんだ。僕が……」

永井典人の言うことは、素直なだけに残酷だった。

公子は笑みを浮かべた。

「寂しい? この子にそう訊かれたわ。今夜、あなたが現れる直前にも」

どうだったの――千春が目でたずねると、公子は微かに、本当にわからないほど微かに首を横に振った。

「壮太を捨てたんじゃないわ。捨てられたのよ」

彼女の目には涙が浮かび、つうっと右の頬を流れた。

「それを人に知られるのが嫌だった。何より、自分が認めたくなかったのね」

二面に窓。可動式クローゼットで分けられ、こざっぱりしたデザインのベッドルームとリビングルーム。シャワーブースが独立したバスルーム。客室出入口のドアの手前には、革張りのベンチ、クローゼット、真鍮のフックがある廊下。純白のテーブルクロスがかかった配膳用のワゴン。

ここに、壮太がいたら何をするだろう。

千春はしばらく考え、足元に置いてあった壮太の手提げバッグをローテーブルにのせた。中のゴディバの箱まで濡れていて、少々重い。

自分の中にこもっていた様子の公子と永井典人が、急に引きつけられたように手提げバッグを見た。ああそうだったという表情で、どこにあったのかと二人が訊いた。

「屋上庭園の丸いベンチの下にあったの」

手に入れた経緯を千春が手短に伝えると、先を越されたわね、と公子は言い、あと五つか、と永井典人はつぶやいた。

「壮太くんは、街に宝探しを仕かけていったんだ。そのバッグとか、ゲームのカードとか、このエリアに隠してあるんだよ。寂しくなったら、おれの分身を捜せ——……って、オーストラリアからメールが来た」

「おれの分身、か」

ああ、いかにも悪ガキ壮太だな。千春はくすっと笑ってしまった。

「ヤモリは天空の楽園にいる。それが、このバッグのありかのヒントなんですって」

母親の顔で、公子が微笑む。

永井典人は一度公子の新居を訪ね、電話もかけたのだそうだ。何の目的かわからなかった公子が今日訪ねると、今度は屋上庭園で壮太を捜そうと誘った。自分が家出を計画したのだから壮太は悪くないと打ち明けたのだが、そのうちに腹が立ってきて、公子を責めずにはいられなかったらしい。そういったことを公子は動じることなく話した。

下着まであたたかい自分たちの服にささやかに驚いて着替え、その晩は別れた。

待ちきれなかった両親が迎えに来て、永井典人は帰っていった。

そうして公子は無関係な顔で去り、特に口止めもしなかった。

壮太がいたかのようなスカイホテルの奇妙な夜を、三人は繰り返し思い出すことになるのかもしれない。千春は再びハンドルを握り、雨上がりの街をタクシーで走りながら、そんなことを考えた。

5

スカイホテルから帰ったあと、公子は三日ばかり外へ出ていない。風邪気味だと言って寝室を占領し、日中もごろごろしている。咳も鼻水も出ないのだが、身体がだるく、下で笑顔をふりまく気持ちになれない。食事もてきとうに用意して、ここで済ませている。

スカイホテルで露呈した自分が本来の姿だという意識が、あの日以来ずっと消えない。永井典人という少年は嫌いだし、人を殺しておきながら何食わぬ顔をしている木島というタクシードライバーもどうかと思うが、あの二人に対しては自分を繕う必要がなかった。

明るい窓辺にあるベッドで、いくつものクッションを背中に当てて寝そべっていると、あのそこそこのデザインのデラックスツインが変に懐かしい。熱いシャワー。ボディーソープの薬草っぽい香り。食べなかったクラブハウスサンド。ソファの茶色い生地。フード付きのバスローブ。

「どうかしてるわ」

窓に背を向けた公子は、目を閉じた。

眠り込んでしまったらしく、気が付くとベッドに姑が腰かけていた。窓の方に向いている。公子は少々うろたえた。ノックしたらどうぞと答えたと聞かされたが、よく覚えていない。

姑はペイズリー柄のワンピースを着て、パイル地のエプロンをしている。家政婦と一緒にキッチンに立っていたのだろう。料理のにおいを漂わせている。

「大丈夫？」

公子は髪を整えつつ腰を引いて、もう少し上半身を起こした。二人の目線は、ほぼ同じ高さになった。姑は年齢のわりに姿勢がよく、いつも背筋が伸びている。

「話があるの」

「はい」

「壮太くんのことなんですけどね」

「あ……ええ……」

永井典人と木島千春に何もしゃべらないでほしいと頼まなかったことを、公子は後悔した。そのくせ、これでだめならだめなのだ、と腹も据わっている。

「壮太くんは――」

姑がふいに言い淀み、茶封筒を出した。

「先にこれを見てもらったほうが早いわね」

封筒の中から出された書類を、公子は手渡された。花垣公子に関する身辺調査だった。隠しておきたかった離婚時のいざこざや、一時子連れで同棲していたことまで調べられている。

「籍を入れる以上、事前に調べないわけにはいかなかったの。私が一人でしたことです」

姑は、公子に厳しい表情を向けた。

どう言われるのも、公子は覚悟した。別れ話でもめたとしても、普通できるだけ子供にわからないように努力すべきなのだろう。小さな子を連れて新しい男と暮らすなんて、母親失格なのに違いない。だからとうとう、切り捨ててきたものに捨てられた。壮太に見切りをつけられたのだ。

「壮太くんを引き取りたいなら、そうなさい」

思いがけない一言だった。

公子は、それを理解するまでに数秒かかった。聞こえなかったの、と訊かれても、首を横に振るのが精一杯だ。なんてトンチンカンな話なの。本音を口に出すなら、そう言わなくてはならない。

姑の表情は、依然厳しい。

「中途半端が一番よくないわ。そうでしょう?」

公子は言うべき言葉がない。うっかりすると、笑い出してしまいそうだ。

姑は公子の手からそっと書類を取り、封筒に収めた。

「何もかも承知であなたをこの家に迎えたの。どうしてか、わかるでしょ？」

この家にとって最も大切なのは、これから生まれてくる健なのだ。

あからさまなその願いを、公子は叶えようと思った。

あなたが大切だという振りをされるより、まし――心の中で壮太に言う。

壮太がニヤリとする。公子も静かに微笑み返す。

6

修はワインを運び出そうとライトバンのバックドアを開けたところだったが、動きを止めた。

センターラインのない道の向かいに、梨花子が立っている。久しぶりのせいか、雰囲気が違って見える。美容院の客を見送るために出てきたのだ。客は自分の車ですでに駐車場をあとにし、排気ガスのにおいだけが残っている。

「よお」

黙っているると永遠ににらみ合いになりそうなので、修は軽く声をかけた。

梨花子の家の美容院は、紀伊間酒店の得意先である家庭的なレストランの真向かいにある。だから、八月の半ばまで出くわさなかったのは、梨花子の努力以外の何ものでもない。今日はタイミングが悪かったのか、意図的なのか、修にはわからなかった。梨花子はまぶしそうな顔をして、じっとこちらを見ている。何を考えているのだろう。

「何だよ」

「何が」

梨花子がしゃべったので、修はほっとした。不機嫌そうな声が接客時と落差がありすぎたが、別に不快でもなかった。変に愛想がよかったら、かえって不気味だ。

「このシャルドネはお勧めだぜ。フランスのラングドック地方のワイナリーが、ニューワールドのワイン造りを取り入れて造ったんだ」

「意味わかんない」

今し方帰った客に聞かせたいほどぶっきらぼうな返事に、修は口の中で笑う。

「伝統的なワイン造りを重んじるフランスで、ステンレス樽を使うような現代的な手法を取り入れて造られたワインだってこと。梨花子の好きな、安くて味のバランスがいいやつさ」

ふーん、と言った梨花子の声が少々丸くなる。

悪かった——喉まででかかったが、修は呑み込んだ。

「ま、飲みすぎるなよ」

ワインを三ケース積み上げて、「紀伊間酒店」と白く染め抜かれた黒いエプロンをつけた身体で抱え上げ、レストランの入口へ向かう。

自動ドアのガラスに、梨花子の全身が映っていた。

腰の辺りで黒に切り替わる濃いブルーのチュニックに、黒いレギンス。

そんな服、持ってたっけ──修は思ったが、声には出さない。最初に雰囲気が違うと感じたのは、このせいかと密かに納得しただけだ。

彼女の右手が肩まで上がる。そうっと左右に振られる。バイバイをする手のひらは強い日差しを浴び、彼女の顔よりもずっと、くっきりと浮き上がって見える。

間もなく自動ドアが開き、店内から笑い声があふれてきて、視界から梨花子は消えてしまった。

7

玄関からただいまを言って紀伊間は入ったが、返事がなかった。

お笑い芸人の結婚を伝える、やかましいテレビの音が途切れる。

「一志が結婚しないのは、おれのせいかな」

父親の声がした。さあねえ、と母親が返事をする。

紀伊間は廊下から、居間をそっと覗いた。

背中を向けている父親は縁側で胡坐をかいて庭を見ており、母親は畳に膝をついて引き出しの中を探っている。店番がある母親は、昼を済ませて仕事に戻るところらしい。

座卓の上には紀伊間の分の天丼が置いてある。

天丼と言っても、近所の惣菜屋で買った天ぷらを甘辛くさっと煮て、白飯にのせたもの。あまり料理がうまくない母親のレパートリーの中では、父親が好むメニューだ。

引き出しからホチキスの針を箱ごと出した母親は立ち上がり、縁側まで行って父親に向かって胸を突き出した。

「これ、千春ちゃんのプレゼント」

薄いピンク色の服を見せている。先月、千春が母親の誕生日にくれた麻のシャツブラウスだ。母親から聞いて、紀伊間も千春に礼を言った。

「ほら、こっち」

そこまで言われて、やっと父親は庭から眼を転じた。

「へえ」

「わかってる？　千春ちゃんからお誕生日にもらったの」

空いているほうの手で胸元を引っ張ってまでしてシャツブラウスを見せようとする母

親に、父親はうなずいたが、それもようやっとという感じ。戻ってこられないような遠い世界に限りなく近い場所にいて、やっとこっちへ向いたのかもしれない。

母親はまだ言いたいことがあるらしく、挑むように右足を一歩踏み出した。

「いいんじゃないの？　結婚したってしなくたって。千春ちゃんはここに来てくれるし、病院にだって行ってくれるし」

父親に向かってここまで強く言う母親を、紀伊間は初めて見た。それどころか、この何年も会話らしい会話をあまり目にしたことがなかった。自分の声は届かないとあきらめているようにさえ映ったものだ。

さすがに、父親も今日の母親に気おされている。

「そんなんで、いいのかい」

「いいのよ。あのね、千春ちゃんは別に、お父さんや私が大事なわけじゃないのよ」

「おっ、おう……そりゃ、そうだろうよ」

「だったら、いいじゃないの。一志のそばにいてくれてるってことなんだから。そばにいるって、そういうことなんだから」

夏の庭がまぶしすぎて、二人はほとんどシルエットに近い。

どすどすどす、と足音を響かせて縁側を歩き、サンダルをつっかけて母親が店に戻ってゆく。

紀伊間は三十数えてから、もう一度、ただいまを言った。

8

一人だと目覚ましがいらない。六時前に目が覚めてしまい、食事をして、洗濯や掃除を済ませても出勤前の時間が余る。

ドイツの片田舎から、「紀伊間修」が送って来た絵葉書——色とりどりの都市名でドイツの国の形がデザインされているイラストだ——を、千春はガラスキューブのカードスタンドに立ててベッドサイドに飾る。

紀伊間とはネット上で顔を合わせて話すそうだが、千春は性に合わないので絵葉書をリクエストした。といっても、修からの絵葉書はまだ一枚しかない。紀伊間酒類販売株式会社に新設されたリフレッシュ休暇は二か月。このペースでは、もう一枚来ればいいほうだ。

いずれにしろ、あとしばらく千春は一人暮らしを楽しめる。

ベッドサイドには、壮太のメールも絵葉書みたいにして置いてある。

永井典人が印刷してくれたものだ。写真仕立てになっている。ちょんまげの被りものとおもちゃの刀を身につけた壮太がひれ伏した画像に、漫画のフキダシ状のセリフ、エメラルドグリーンの手書きっぽい「壮太です」「↓」が加えられているという代物。そんな格好だから、顔なんて見えない。二年近く経つので、少々色があせてきた。

《木島さん、本当にすみませんでした！

あれは自分で選んだことだから、おれがあやまります。

学校帰りに、木島さんはタクシーの道を選ばしてくれたでしょ。

黄色いカーブミラーがあった別れ道のところで。あれ、けっこうためになりました。

木島さんのことは忘れません！》

今日もまた、あわただしい一日が始まる。

千春は自転車でバス通りを走り抜け、珠算教室と斎場に挟まれているAYタクシーに駆け込む。ピロティ式の事務所は錆が目立ってきたが、また一台ハイブリッド車が増えた。あの夜の息子の異変を心配した母親が休職したため、永井典人は会員をやめたものの、キッズタクシー会員数自体はまた増加している。

点呼時、八木沼社長が写真に撮られる。グレンチェックのスーツを着ている。地元紙の女性社長を紹介するページに載るらしい。

「昨日はご協力ありがとうございました。河合みゆちゃんが路上で無事保護されて、本当によかったと思います。子供SOS条例が施行となってから、初めてのケースが単なる迷子。今後もそうあってほしいものです。自治体、警察、エムラジオ、タクシーなど関係者が今後も連携して――」

平さんは千春の顔を見るなり、まだ続いてるよ、と言って微笑んだ。斎藤明夫が自宅近くの弁当屋でバイトを始めてから、半年ほどが過ぎている。

タクシーで走り回る街は、一見、変わらない。でも、昨日と今日とは確実に違う。だから、同じ道でも違う道だ。

壮太を迎えに行く場所だった香良須神社の近くで、千春は病院帰りの老人を降ろした。帰りの下り坂で、いつかの別れ道を通ってみる。変わらない。黄色いカーブミラーがあり、二つの鏡が見通せない道を映している。右！　左！　元気のいい悪ガキ壮太の声が耳の奥によみがえる。

壮太が家出をした日に、荷崩れを起こした小型トラックにせき止められた南城大橋を、今日は逆にわたる。空は晴天。少し上りになる分、グライダーで上昇するような気分を味わえる。

街中にある市立美術館前の信号が赤に変わり、千春は先頭でタクシーを停めた。ふと前を見ると、対向車に見たことがあるようなバンが停まっていたが、運転手は若原大吾ではなかった。この交差点で千春が彼と顔を合わせたのは、今年の二月だった。

あの日は、若原大吾が先に気付いていた様子で、運転席から千春を見ていた。ベビーカーを押す女性が横断歩道を渡り、ランドセルの子供たちが列をなして歩道を帰ってゆき、信号がやっと青に変わった。車が接近するその時、千春は迷った末に若原大吾に向かって右手を上げた。若原大吾の反応はなく、バンは去ってゆく。と、後ろの方でクラクションが軽く鳴らされた。思わず、千春はバックミラーを見た。やわらかなその音は、背後から追いかけてきて、小雪のちらつく街に溶けていったのだった——。

今その光景を思い出しても、千春は胸が締め付けられる。次に偶然会っても、きっと同じようにとまどうのだ。

午後三時半。スカイホテルの入っているビルに、予約客を迎えに行く。指名だが、永井典人以外のナガイという男性客に覚えはなかった。

ビルのエントランス前にタクシーを停め、千春は運転席から下りた。待機しているタクシーがもう一台あったから、予約客にわかりやすいように。

ビルから若者が出てきて、千春に微笑んだ。チェック柄のボタンダウンのシャツ、ジーンズ。荷物がぎっしりの四角くて大きなリュックを背負い、バックパッカーに見えなくもない。身長は百六十センチくらいだが、ずいぶんがっしりしている。一重の目で、意志が強そうな顔つきだ。

「あ……」

若者が大きく両腕を広げた。そうして、肩をすくめる。

「ナガイだなんて……嘘ばっかり」

千春は驚くものかと、腕組みをする。

「だって、本当の名前言ったら、つまんないもん。これからナガイくんちでホームステイ」

「そういうことですか。まったく、あなたたちは」

千春の目の前には、驚くほど大きくなった悪ガキ壮太がいる。

解説

大矢博子

吉永南央は連作短編の名手である。

――と、長編の解説をこんな出だしにするのもどうかと思うが、ちゃんと意味があるのでしばしおつきあいのほどを。

吉永南央の著作は本書で十一冊になるが、大部分が連作短編の形式をとっている。四冊を出した看板シリーズでありドラマ化もされる「紅雲町珈琲屋こよみ」シリーズ（文藝春秋）をはじめ、ひとりの少年とその関係者の話からなる『Fの記憶』（角川書店）、外国人専用アパートが舞台の『ランタン灯る窓辺で』（創元推理文庫）がそうだ。天才版画家の作品を巡る『青い翅』（双葉社）は長編なのだが、それでも章ごとに語り手とモチーフが変わるので、体裁としては連作短編に近い。

これらの作品には特徴がある。どれも一応は一話完結の体裁をとっていながら、全体を通してひとつの事件が、あるいはひとつのテーマが展開される形式になっているのである。一見無関係に思えた複数の事件が実はつながっていたんですよ――というのは連作ミステリの様式としてはありふれているが、吉永作品はそのタイプではない。むしろ全体として明らかにひとつの事件があるにもかかわらず、そこから派生する出来事を一話ごとに見せていると言った方がいい。

回転寿司のようなものだ。次々と流れてくる寿司が各短編である。けれど寿司はどれも同じベルトコンベアに乗っている。寿司を描くことで、ベルトコンベアという全体の動きを書いているのである。

「紅雲町珈琲屋こよみ」シリーズ二作目の『その日まで』(文春文庫)を例にとる。北関東の町でコーヒー豆と和食器の店・小蔵屋を経営する七十代の女性——お草さんが、彼女の店を訪れる人や近所の人との関係の中で、事件に巻き込まれたり人を助けたりというシリーズである。『その日まで』の各話では、巧く行かない家族の姿を描く話があったり、昔なじみが高校時代に出会った事件の真相を追ったり、近所に出来たライバル店とのいざこざが描かれたりする。これが寿司だ。けれど話を追うごとに、それらの事件のベースにはその地域とそこに住む人に降り掛かっている共通の問題があったことが次第に明らかになっていく。これがコンベアだ。

つまり各話単体では成立しないモチーフを扱っているわけで、実態は長編なのである。吉永南央は、連作短編の形をとりながら実は長編を書いているのだ。なぜか。「紅雲町珈琲屋こよみ」シリーズは地方都市の商人の町に暮らす人々の生活と地縁の物語だ。いろんな人がそれぞれの生活を持っていて、その集合体が町なのだから、個々を積み重ねて見せる方がより地縁の意味が浮き彫りになる。だからこその連作短編形式なのである。これは『ランタン灯る窓辺で』にも言えることだ。

そのような手法を得意とする吉永南央が、今度は最初から長編という形式にトライした。これは注目に値する。

舞台は北関東の地方都市だ。主人公の木島千春は大学時代に恋人の子を妊娠。結婚はせず、大学を辞めてひとりで生み育てる決意をする。それから十年以上、なんとかやってきたものの生活は楽ではない。そんなとき、酔っぱらいに絡まれ、ほんの僅かな持ち金を奪われかけた千春は、相手を殺してしまう。

正当防衛が認められ、彼女には同情が集まった。それから十五年。千春はタクシーの運転手として勤務し、息子の修も地元の酒屋に就職した。生活も安定し、何かと良くしてくれる紀伊間という昔なじみのご近所さんもいて、どうやら修には恋人もいるようで、ささやかながら穏やかな日々を送っている。

ところがある日、彼女が送迎を担当している小学生の壮太が、決められた待ち合わせ場所にいないという事件が起きた。町内では大掛かりな捜索が行なわれるが、壮太は見つからない。ネットには千春が壮太を殺したのではという悪意ある書き込みがなされ、しかも十五年前の事件も掘り返されて――。

今回も、これまでの吉永南央なら連作短編にしたのではと思うほど複数の筋が――大きく分けてみっつの筋が仕込まれている。ひとつずつ見てみよう。


まずはキッズタクシーという仕事上の出来事だ。

もともと車社会でタクシー利用者が少ない地方都市で、千春の勤務するAYタクシーは、子どもをひとりから数人あるいは保護者同伴で乗せる会員制キッズタクシーをメインに営業している。他に、資格をとって要介護者や車いすのお客さんにも対応する。病院の予約をとったり買い物代行なども仕事のうちだ。

この専門タクシーの業務の描写がまずとても興味深い。私の家族にも要介護者がおり、この手のサービスを行なっている地元のタクシー会社と契約しているのでおおよそは知っているつもりでいたが、キッズ会員というのは盲点だった。体の弱い子の送迎であったり、塾通いに友達数人と一緒に使って親の手間を減らしたりという使い方に思わず膝を打った。膝にタブレット端末を載せた子がいたり、カマキリを連れ込む子がいたりと、キッズの顔ぶれもいろいろ。しかも、送り終わった時点で会社経由で保護者に連絡メールが行くといった業務のディテールも新鮮だ。

同僚運転手の話なども入り、タクシー会社はこうやって運営されているのかと、これだけでちょっとしたお仕事小説のシリーズが書けそうである。

ふたつめの筋は、過去の罪との対峙だ。蒸し返されてしまった十五年前の殺人事件。千春を守ろうとする人、離れていく人、悪意ある行動をとる人。そのひとつひとつに胸を打たれたり考えさせられたりするが、いちばんの注目点は千春だ。千春は自分を守ろうとはしない。迷惑をかけた人に申し訳ないと思い、そして修を守るために紀伊間にある頼み事をする。

そんな中で、物語も後半になって初めて、修が母の事件のときに何を感じ、何を考えていたかがわかる場面がある。野次馬に囲まれ、警察に話を聞かれる千春。その姿を一部始終見ていた幼い修に紀伊間がある一言をかけた、というくだりだ。序盤に、同じ場面を千春の視点から書かれた箇所がある。あの背後にこんな会話があったのかと胸が熱くなった。そこで読者はあらためて、千春・修親子の絆を知るのだ。それまでどちらかと言えばクールで友達のようにも見えたこの親子が実は、千春が人を殺してしまったあの夜から、ずっと手をつないでいたのだと、読者は知るのである。いい場面だ。実にいい場面だ。

もうおわかりだろう。みっつめの筋は親子小説の側面である。

さばさばしているのにしっかりつながっている千春と修の母子。その一方で、行方不明になってしまった壮太とその母・公子の関係も並行して語られる。こちらも母ひとり子ひとりの家庭だが、公子は再婚が決まっており、再婚相手の子も身ごもっている。この二組の親子の対比のさせ方が見事だ。

千春が未婚の母として修を生んだことや、その後殺人事件の犯人となったことは、修の意志とは関係なく修の運命を定めてしまった。公子が夫と離婚したことも、その後再婚を決めたことにも、壮太の意志は存在しない。子どもは、どうしても大人の生き方に振り回される。親が運転する車に、子どもはただ乗っているしかない――つまり、すべての親子関係はキッズタクシーなのだ。

そんな中で、行き先も告げずに走っている親に不満を覚え、勝手に飛び降りてしまったのが壮太である。一方、不安定な運転でも親を信頼して後部座席に座り、ときにはナビにもなるのが修だ。そして、いつか子どもがタクシーから降りる日がきたとき、「忘れ物はありませんか?」「ご乗車ありがとうございました」とにこやかに告げられるだろう親が、千春なのである。

他にも、公子の婚約者とその母であったり、千春が殺してしまった男とその息子の話であったり、紀伊間とその親との関係であったりと、複数の親子関係が登場し、絡み合う。それぞれのありようを、ぜひ読み比べていただきたい。

こうしてみると、実に盛りだくさんだ。そしてこれも「紅雲町珈琲屋こよみ」シリーズ同様、地方都市の地縁の物語であることにお気づきかと思う。子どもを乗せ、彼らの生活の場をつなぐキッズタクシーという仕事。乗る子どもにも、乗せるドライバーにも、それぞれの生活があり、事情があり、ドラマがある。それがふとしたときに交差する。実に象徴的だ。

しかし地縁の物語というだけなら「紅雲町珈琲屋こよみ」シリーズのようなお得意の連作短編でよかったはずだ。壮太失踪事件、過去の事件を知る誰かからの嫌がらせ事件、修の婚約騒ぎ、ドライバーの同僚の事件などなど、一話完結の連作で展開しようと思えばできる構造である。回転寿司で言えば、どれも立派な寿司ネタなのだから。

そこを長編にしたのは、寿司ではなくコンベアの流れこそを見て欲しい作品だったからだ。いや、この場合はタクシーなのだから、道路を、そのルートを見て欲しい作品と言うべきだろう。千春と修だけではない。公子が、壮太が、紀伊間が、修の恋人が、運転手の同僚が、壮太の友達が、千春が殺した男の息子が、どう関係し、何を経て、どう変わるか。そんな人々の交差から、彼らそれぞれがどの道を選ぶか。それこそが本書の主眼なのである。

物語の最後にこんな言葉がある。

「タクシーで走り回る街は、一見、変わらない。／でも、昨日と今日とは確実に違う。だから、同じ道でも違う道だ」

人も一緒だ。昨日の修と今日の修は、昨日の壮太と今日の壮太は、確実に違う。同じ人でも、違う人だ。そうして人は変わっていく。変わりながら、変わらないものを育んでいく。これはそういう物語なのだ。後部座席に子どもを乗せ、親がハンドルを握る何台もの車が、それぞれどこへ向かうのかを、追う物語なのだ。だからこそ、個々の事件を切り取って見せるのでは意味がない。長編でなければならなかったのである。

これまで著者の連作短編しか読んだことがない、という読者にはぜひ本書をお勧めしたい。吉永南央の、変わらない魅力が新たな力で押し出された作品である。

（書評家）

この作品は書き下ろしです

ＤＴＰ制作　萩原印刷

文春文庫

キッズタクシー

定価はカバーに
表示してあります

2015年3月10日　第1刷

著　者　吉永南央（よしながなお）
発行者　羽鳥好之
発行所　株式会社　文藝春秋

東京都千代田区紀尾井町3-23　〒102-8008
TEL　03・3265・1211
文藝春秋ホームページ　http://www.bunshun.co.jp

落丁、乱丁本は、お手数ですが小社製作部宛お送り下さい。送料小社負担でお取替致します。

印刷・凸版印刷　製本・加藤製本

Printed in Japan
ISBN978-4-16-790325-1

（　）内は解説者。品切の節はご容赦下さい。

本城雅人
ノーバディノウズ
メジャーリーグ初の東洋系本塁打王に隠された過去。それを探る者たちが次々と姿を消す。果たして彼の正体とは？　サムライジャパン野球文学賞大賞を受賞した野球小説。（生島　淳）
ほ-18-1

松本清張
事故　別冊黒い画集(1)
村の断崖で発見された血まみれの死体。五日前の東京のトラック事故。事件と事故をつなぐものは？　併録の「熱い空気」はTVドラマ「家政婦は見た！」第一回の原作。（酒井順子）
ま-1-109

松本清張
強き蟻
三十歳年上の夫の遺産を狙う沢田伊佐子のまわりには、欲望にとりつかれ蟻のようにうごめきまわる人物たちがいる。男女入り乱れ欲望が犯罪を生み出すスリラー長篇。（似鳥　鶏）
ま-1-132

松本清張
疑惑
海中に転落した車から妻は脱出し、夫は死んだ。妻・鬼塚球磨子が殺ったと事件を扇情的に書き立てる記者と、国選弁護人の闘いをスリリングに描く。「不運な名前」収録。（白井佳夫）
ま-1-133

松本清張
証明
作品が認められない小説家志望の夫は、雑誌記者の妻の行動を執拗に追及する。妻のささいな嘘が、二人の運命を変えていく。狂気の行く末は？　男と女の愛憎劇全四篇。（阿刀田　高）
ま-1-134

牧村一人
六本木デッドヒート
八年の刑期を終え出所した元風俗嬢の笙子。静かに暮らすはずが、十億円強奪事件との関わりを疑われて狙われるハメに！　異色の第16回松本清張賞受賞作。（香山二三郎）
ま-30-1

麻耶雄嵩
隻眼の少女
隻眼の少女探偵・御陵みかげは連続殺人事件を解決するが、18年後に再び悪夢が襲う。日本推理作家協会賞と本格ミステリ大賞をダブル受賞した、超絶ミステリの決定版！（巽　昌章）
ま-32-1

（　）内は解説者。品切の節はご容赦下さい。

宮部みゆき
誰か Somebody
事故死した平凡な運転手の過去をたどり始めた男が行き当たった、意外な人生の情景とは——。稀代のストーリーテラーが丁寧に紡ぎだした、心を揺るがす傑作ミステリー。（杉江松恋）
み-17-6

宮部みゆき
楽園（上下）
フリーライター・滋子のもとに舞い込んだ、奇妙な調査依頼。それは十六年前に起きた少女殺人事件へと繋がっていく。進化し続ける作家、宮部みゆきの最高到達点がここに。（東　雅夫）
み-17-7

宮部みゆき
名もなき毒
トラブルメーカーとして解雇されたアルバイト女性の連絡窓口になった杉村。折しも街では連続毒殺事件が注目を集めていた。人の心の陥穽を描く吉川英治文学賞受賞作。（杉江松恋）
み-17-9

道尾秀介
ソロモンの犬
飼い犬が引き起こした少年の事故死に疑問を感じた秋内は動物生態学に詳しい間宮助教授に相談する。そして予想不可能の結末が！　道尾ファン必読の傑作青春ミステリー。（瀧井朝世）
み-38-1

道尾秀介
月と蟹
二人の少年と母のない少女、寄る辺ない大人達。誰もが秘密を抱えるなか、子供達の始めた願い事遊びはやがて切実な儀式に変わり——哀しい祈りが胸に迫る直木賞受賞作。（伊集院　静）
み-38-2

湊　かなえ
花の鎖
元英語講師の梨花、結婚後に子供ができずに悩む美雪、絵画講師の紗月。彼女たちの人生に影を落とす謎の男K……。三人の女性たちを結ぶものとは？　感動の傑作ミステリ。（加藤　泉）
み-44-1

森村誠一
法王庁の帽子
旅先のアヴィニヨンで帽子を失くした式村は、帰国後、旅先で見かけた男が殺されたことを知る。意外な因縁が、犯人を追い詰める表題作ほか、珠玉の森村ミステリ全六篇。（井上順一）
も-1-23

（　）内は解説者。品切の節はご容赦下さい。

森村誠一
タクシー
深夜に乗せた女の客が車内で死亡。タクシードライバーの蛭間正は遺族の懇願もあり、東京―佐賀、一二〇〇㎞を疾走する。死者を乗客として――。戦慄のサスペンス。（大野由美子）
も-1-24

山田正紀
僧正の積木唄
「僧正殺人事件」をファイロ・ヴァンスが解決して数年。事件のあった邸宅を訪れた数学者が爆殺され、現場には〝僧正〟の署名が…。米国滞在中の金田一耕助が殺人鬼に挑む！（法月綸太郎）
や-14-7

矢島正雄
鬼刑事　米田耕作
銀行員連続殺人の罠
「落としの耕作」「鬼の耕作」と呼ばれる引退間近の名物刑事が、元サイバー対策室の若き刑事と共に、銀行員連続殺人の謎を追う。フジテレビ系「金曜プレステージ」のノベライズ作品。
や-50-1

横山秀夫
陰の季節
「全く新しい警察小説の誕生！」と選考委員の激賞を浴びた第五回松本清張賞受賞作「陰の季節」など、テレビ化で話題を呼んだ二渡が活躍するＤ県警シリーズ全四篇を収録。（北上次郎）
よ-18-1

横山秀夫
動機
三十冊の警察手帳が紛失した――。犯人は内部か外部か。日本推理作家協会賞を受賞した迫真の表題作他、女子高生殺しの前科を持つ男の苦悩を描く「逆転の夏」など全四篇。（香山二三郎）
よ-18-2

横山秀夫
クライマーズ・ハイ
日航機墜落事故が地元新聞社を襲った。衝立岩登攀を予定していた遊軍記者が全権デスクに任命される。組織、仕事、家族、人生の岐路に立たされた男の決断。渾身の感動傑作。（後藤正治）
よ-18-3

米澤穂信
インシテミル
超高額の時給につられ集まった十二人を待っていたのは、より多くの報酬をめぐって互いに殺し合い、犯人を推理する生き残りゲームだった。俊英が放つ新感覚ミステリー。（香山二三郎）
よ-29-1

吉永南央
オリーブ

突然、書き置きを残して消えた妻。やがて夫は、妻の経歴が偽りで、二人は婚姻届すら提出されていなかった事実を知る。女は何者なのか。優しくて、時に残酷な五つの「大人の嘘」。（藤田香織）

よ-31-2

吉永南央
その日まで
紅雲町珈琲屋こよみ

北関東の紅雲町でコーヒーと和食器の店を営むお草さん。近隣で噂になっている詐欺まがいの不動産取引について調べ始めると、因縁の男の影が……。人気シリーズ第二弾。（瀧井朝世）

よ-31-3

連城三紀彦
黄昏のベルリン

自分は第二次大戦中、ナチスの強制収容所でユダヤ人の父と日本人の母との間に生れた子供なのか？　画家・青木優二は平穏な生活から一転、謀略渦巻くヨーロッパへ旅立つ。（戸川安宣）

れ-1-16

若竹七海
悪いうさぎ

家出した女子高生ミチルを連れ戻す仕事を引き受けたわたしはミチルの友人の少女たちが次々に行方不明になっていると知って調査を始める。好評の女探偵・葉村晶シリーズ、待望の長篇。

わ-10-2

文藝春秋　編
東西ミステリーベスト１００

ファンによる最大級のアンケートによって決めた国内・国外オールタイム・ベストランキング！　納得のあらすじとうんちくも必読です！　文庫版おまけ・百位以下の百冊もお見逃しなく。

編-4-2

アガサ・クリスティー　他（中村妙子　他訳）
厭な物語

アガサ・クリスティーやパトリシア・ハイスミスの衝撃作からロシア現代文学の鬼才による狂気の短編まで、後味の悪さにこだわって選び抜いた〝厭な小説〟名作短編集。（千街晶之）

ク-17-1

夏目漱石　他
もっと厭な物語

読めば忽ち気持ちは真っ暗。だが、それがいい！　文豪・夏目漱石の掌編からホラーの巨匠クライヴ・バーカーの鬼畜小説まで、後味の悪さにこだわったよりぬきアンソロジー、第二弾。

ク-17-2